Tullio Dias

# O almoço de Natal

ou como sobreviver às reuniões familiares de fim de ano

Copyright © 2022 by Editora Letramento
Copyright © 2022 by Tullio Dias

Diretor Editorial | **Gustavo Abreu**
Diretor Administrativo | **Júnior Gaudereto**
Diretor Financeiro | **Cláudio Macedo**
Logística | **Daniel Abreu**
Comunicação e Marketing | **Carol Pires**
Assistente Editorial | **Matteos Moreno e Maria Eduarda Paixão**
Designer Editorial | **Gustavo Zeferino e Luís Otávio Ferreira**
Revisão | **Camila Araujo**

Todos os direitos reservados. Não é permitida a reprodução desta obra sem aprovação do Grupo Editorial Letramento.

Dados Internacionais de Catalogação na Publicação (CIP) de acordo com ISBD

---

D541a    Dias, Tullio

O almoço de natal: ou como sobreviver às reuniões familiares de fim de ano / Tullio Dias. - Belo Horizonte, MG : Letramento, 2022.
112 p. ; 15,5cm x 22,5cm.

ISBN: 978-65-5932-264-0

1. Literatura brasileira. 2. Crônicas. 3. Natal. I. Título.

2022-3494
CDD 869.89928
CDU 821.134.3(81)-94

Elaborado por Vagner Rodolfo da Silva - CRB-8/9410

---

Índice para catálogo sistemático:
1. Literatura brasileira : Crônicas 869.89928
2. Literatura brasileira : Crônicas 821.134.3(81)-94

Rua Magnólia, 1086 | Bairro Caiçara
Belo Horizonte, Minas Gerais | CEP 30770-020
Telefone 31 3327-5771

editoraletramento.com.br    ▲    contato@editoraletramento.com.br    ▲    editoracasadodireito.com

*Dedicado para a minha mãe. Essa foi a minha forma de dizer "eu te amo".*

*"Feliz Natal para os brasileiros, mesmo sem carne para algumas pessoas"*
Jair Messias Bolsonaro

# PARTE I

## CAPÍTULO 1.
# O ORNITORRINCO MAIS PODEROSO DA SELVA

"Vocês sabiam que a melhor maneira de ensinar alguma coisa para alguém é através das histórias? Nós temos uma capacidade maior de aprender assim porque a vida inteira lidamos com histórias. Além disso, elas grudam na nossa cabeça. Por isso quero que prestem bastante atenção em mim a partir de agora, tá bom? Vou contar uma história que vai fazer "KA-BOOM" nas suas cabecinhas. E nas dos seus pais também, com certeza. A melhor parte é que ela é perfeita para o Natal."

Talvez seja porque mencionei bombas e explosões, mas as crianças estão realmente interessadas em me ouvir. Elas nem piscam os olhos, de tão ansiosas e curiosas para descobrirem como é que vou fazer "KA-BOOM" nas suas respectivas cabeças. Estou orgulhoso de conseguir prender a atenção de todos assim.

*Sim*, eles continuam elétricos balançando as perninhas e os bracinhos desengonçados, sentindo falta da medicação (*que nunca tomaram*) para controlar um possível *TDAH* (*nunca diagnosticado*), mas estão a fim de ouvir. Isso será, no mínimo, divertido, caso decidam compartilhar a história com os pais mais tarde.

"Imaginem a Selva. Imaginem as árvores, a grama, a terra, o céu, o rio. Imaginem os animais. Conseguiram? Agora eu vou contar para vocês a história do Ornitorrinco que virou o Rei da Selva." – antes de me interromperem perguntando o que é um ornitorrinco, explico que é o animal mais besta que se tem notícia. Pensei em falar de Pokémon, mas meus sobrinhos estão sempre ocupados vendo Luccas Neto para entenderem a referência e são novos demais para saber do que se trata.

"O Ornitorrinco Jarjar decidiu que queria ser o novo chefe da Selva e faria de tudo para realizar seu sonho. O problema é que, em mais de 30 anos vivendo na Selva, ele nunca conseguiu ajudar ninguém e era sempre visto como uma piada pelos outros animais. Mas o bicho não é de todo idiota, e aprendeu que, ao puxar o saco do elefante, cheirar o cu do hipopótamo ou comer os piolhos do macaco, poderia chegar em algum lugar.

"Para a nova disputa pela liderança da Selva, o Ornitorrinco teria que vencer a velha Preguiça, que já tinha mais de 75 anos de idade e só pensava em descansar em paz na sua árvore triplex favorita. Todos os animais simplesmente amavam a Preguiça e guardavam belas recordações da época em que ela governou a Selva. Nesses tempos a situação era tão boa que os cachorros conseguiram entrar na escola e conseguiram até fazer faculdade. Os cavalos conseguiram seus primeiros empregos. As formigas iam passar as férias na Disney. O Mico-Leão Dourado deixou de ser uma espécie em extinção. Até as Tartarugas ganharam uma assistência especial para que pudessem usar foguetinhos para andarem mais rápido. Era tão promissor que a famosa revista *Jungle* veio até a Selva fazer uma matéria especial de capa. A matéria fazia uma previsão otimista e esperançosa para o futuro: a Selva logo se tornaria o melhor lugar do mundo para um animal viver.

"Só que a Preguiça precisou ser substituída e passou a liderança para a Doninha Querida. O problema é que a Doninha Querida não era muito paciente, jogava grampeador na testa dos seus assistentes, arremessava a pizza pela janela, brigava com os gatunos e deu um jeito na infestação de ratos que incomodava a Floresta Presidencial. A Doninha conseguiu a façanha de deixar ratos e gatunos lado a lado, e por isso, acabou expulsa da Selva depois de uma acirrada disputa com o Tamanduá-Bandeira de Copacabana.

"Sem a Doninha Querida comandando a Selva, quem assumiu o controle de tudo foi o Morcego Centenário, que aparentemente estava lá o tempo inteiro desde muito antes da velha Preguiça nascer – mas nunca notaram a sua presença porque ninguém trabalhava na Selva depois das 16 horas.

"A situação mudou. Mudou muito. A revista *Jungle* fez outra matéria e a capa perguntava o que foi que aconteceu com a Selva: agora não era o lugar mais incrível do mundo animal para se viver. As formigas não conseguiam mais juntar dinheiro para passear na Disney. Os cachorros não conseguiam mais frequentar a faculdade. Os cavalos voltaram ao pasto porque ninguém queria contratar no mercado de trabalho. O Mico-Leão Dourado voltou a enfrentar a ameaça de extinção. Até os foguetinhos das tartarugas foram aposentados por causa do preço do combustível, o que as fez recuperar o título de animais mais lentos da floresta. A Selva precisava da volta da velha Preguiça e não demorou para conseguirem convencê-la a abandonar sua árvore favorita para salvar os outros animais.

"Quando descobriu que a velha Preguiça estava de volta, o Ornitorrinco Jarjar ficou bravo e fez um ornitorronco feroz e separado em sílabas. Ele sentia que sua grande chance de deixar de ser piada na Selva estava em risco. Por isso, juntou seus filhos Ornitotonto, Ornitoluxo e Ornitaspadinha para planejarem como tirar a velha Preguiça do caminho. Para isso precisariam convencer as antas, galinhas, toupeiras, jegues, burros e mulas, que compõem mais da metade da população da Selva.

"O Ornitorrinco, apesar da sua cara de trouxa e 30 anos de pura incompetência, tinha lampejos de inteligência cruel e bolou um plano infalível. Primeiro ele iria recorrer ao reino aquático governado pelos Patos, onde criavam e executavam as leis e julgavam os outros animais – nunca outros patos. Era fato que os patos não conseguiam fazer nenhuma das suas atividades com maestria. Na verdade, eles eram muito bagunceiros, sujos e desorganizados. A velha Preguiça sempre sofreu bastante com as frequentes perseguições dos patos e recentemente um Marreco de Maringá havia se destacado nas tentativas de provar que ela era uma criminosa sem caráter. O Marreco em questão, sempre muito bem alinhado e distante dos seus colegas de penas, queria ser popular e sabia que não conseguiria enquanto vivesse no reino aquático.

"O plano do Ornitorrinco era bem simples: ele colocaria o Marreco no governo da Selva inteira em troca da ajuda para tirar a velha Preguiça do caminho. O Marreco não hesitou. Logo convidou os seus patos e galinhas de confiança para mandar prender a Preguiça numa velocidade tão alta que precisaram substituir o juiz Lesma por um juiz Lebre, o que nunca havia acontecido na história dessa Selva. A Preguiça não teve a menor chance e acabou na prisão Bacurau.

"Durante as entrevistas para os jornais e programas de televisão da vida selvagem, o Ornitorrinco dizia que a velha Preguiça queria transformar a Selva em um Vulcão vermelho de lava, como havia acontecido com os antigos dinossauros. Todas as vezes que o Ornitorrinco dava uma entrevista, ele fazia questão de sempre repetir as mesmas coisas. Não demorou para que as antas e toupeiras começassem a acreditar nele. Paulo, o Jegue, acreditou tanto que conseguiu até um cargo de renome. O surpreendente foi quando até os coelhos, os elefantes e as girafas começaram a apoiar o Ornitorrinco. A estratégia suja de Jarjar estava funcionando.

"Mas o que ajudou mesmo o Ornitorrinco foi a segunda parte do seu plano. Numa incrível distração da sua equipe, se esqueceram de cancelar uma encenação de terrorismo aquático e durante uma viagem pelo fundo do oceano, o Ornitorrinco levou uma espetada de um baiacu aliado careca que esqueceu de remover seu veneno. Foi por muito pouco que Jarjar não morreu antes de assumir a Selva, mas o atentado ajudou a convencer até mesmo outros animais mais experientes, como o tigre, o hipopótamo e o crocodilo. Diziam que agora, até o sábio leão pretendia apoiar o Ornitorrinco.

"Sem a velha Preguiça como opção, a Selva escolheu o Ornitorrinco para ser o grande líder e lá estava o Marreco ao seu lado, agora conhecido como a segunda (quase) ave mais poderosa da Selva. E assim começou um período muito sombrio em que as árvores eram derrubadas, as florestas eram queimadas, os rios ficavam secos e os mesmos animais que apoiaram tanto o Ornitorrinco estavam morrendo de fome.

"Moral da história: às vezes a Preguiça é a melhor opção."

Eram pouco mais de 11 horas da manhã quando terminei a história. Estendi a mão para pegar a garrafa *long neck* de Budweiser e bebi um pouco mais daquela cerveja nada gelada. Pensei que o Enzo, como mais velho, poderia ter entendido o que estava por trás dos animais, mas uma criança de dez anos precisaria ser superdotada para entender ironia e metáforas desse tipo. Não é o caso dele. Acredite.

Perguntei se eles tinham achado justo o que o Ornitorrinco fez com a Preguiça.

O pequeno Ruan balançou a cabeça de um lado para o outro. Os grandes olhos azuis me olhando com atenção e perguntando se a velha Preguiça morreu na prisão. Até uns dois anos atrás, o Ruan tinha uma cabeça realmente desproporcional para o corpinho dele. Os olhos e as orelhas ainda eram imensos, mas parecia mais com uma criança do que com um personagem de mangá.

Já a sua irmã Valentina gritou que queria a liberdade da Preguiça. Bebi um pouco mais da cerveja quente e pensei no quanto era incrível ter uma afilhada de 7 anos de idade com tendências anarcocomunistas. Sugeri que ela gritasse "Preguiça livre". Se gritasse três vezes iria conseguir que a velha Preguiça deixasse a prisão para chutar a bunda penada do Ornitorrinco.

Atrás de mim, ouço minhas tias gêmeas chamando os pirralhos. Me viro e é zero surpreendente quando noto que nenhuma das duas usa máscara. Não sei em qual momento elas chegaram para ouvir a história que eu contei para os catarrentos, mas aposto na imensa chance de elas não entenderem a lição de moral escondida por baixo da minha própria releitura de *A Revolução dos Bichos*. Me pergunto se o bolsonarismo entrou como um certeiro míssil de bosta na minha família para anular as capacidades intelectuais de todo mundo ou se foi apenas o gatilho para despertar o que já estava lá, esperando pela chance de escapar do esgoto moral que vivia. É difícil entender como os nossos caminhos se separaram tanto ao ponto da eleição de um cara desses significar uma ruptura familiar. Quer dizer, não sei se podemos chamar de ruptura quando ela é unilateral e só veio de um lado, no caso o meu. Está mais para exílio doméstico mesmo.

Coloquei a máscara no rosto, peguei a *long neck* vazia de Bud e fui até as minhas tias para cumprimentá-las. O que mais me enlouquece nesses dois anos de pandemia da COVID-19 é a insegurança ao abraçar as pessoas queridas – mesmo as que sujaram as mãos de sangue ao apoiar o responsável pela morte de mais de 619 mil pessoas no Brasil. Se passaram alguns meses desde que me vacinei com a segunda dose, acho que já tem um bom tempo desde que elas se vacinaram (*espero*), mas ainda assim é esquisito abraçar quem não mora com você. *Eu sei lá em que tipo de festa de fim de ano elas estiveram, com quem conversaram etc*. É arriscado demais. Minha noiva diz que eu preciso pensar em fazer uma terapia para lidar com isso. Ela também diz que outras pessoas estão passando pela mesma situação e não preciso me envergonhar ou me sentir mal. *Sei*. "*Mas estão*", escuto a voz dela na minha mente.

Faço aquele aceno sem graça seguido de um soquinho molenga, como se minha mão e braço fossem uma gelatina de maracujá. Eu era um cara que gostava de abraços, mas abraços podem matar atualmente. Parece que é um retorno às origens, sabe? Quando os mafiosos italianos inventaram de usar o abraço para confirmar se os seus rivais estavam armados ou não. Hoje voltamos a ser desconfiados e quase não nos tocamos com medo da outra pessoa ser um roteador de COVID-19.

De repente, o Ruan corre pela sala gritando: "a Valentina gosta de cheirar o cu do hipopótamo". Ele parece o demônio da Tasmânia. Na verdade, ele deixaria o próprio demônio da Tasmânia com medo. Escuto a Valentina gritando "Preguiça Livre" de outro canto da casa. Enzo parece alheio ao caos e se aproxima para beijar e abraçar as tias-avós. Nessa idade, a gente já sabe quem precisa bajular para ganhar presentes. Dou um sorriso escondido por baixo da máscara. Atrás das tias, minha mãe aparece e pergunta "que porra é essa que essa menina tá gritando?" para os berros do promissor projeto de militante comunista que é a minha afilhada. Sem usar máscara (e contrariando meus pedidos desesperados), percebo bem a fuzilada que ela dá na minha direção.

"*Cê* num começa não, viu? Hoje é Natal e eu não quero saber de nenhuma briga ou discussão por causa de palhaçada de política.", ela fala.

Enquanto minha mãe marcha descendo as escadas acompanhada das minhas tias gêmeas, eu caminho lentamente em direção à geladeira abarrotada de frutas, verduras, pratos frios e muitas cervejas. Abro a minha segunda *long neck* e faço um brinde para o alto pensando "O Natal começou bem do jeitinho que a tradicional família brasileira gosta".

CAPÍTULO 2.
# A PANDEMIA ACABOU?

Tudo bem. *Eu admito*. Não podemos mesmo esperar até tudo se "normalizar" para que os encontros sociais voltem a acontecer. O curso natural da vida não mudou por causa do problema da pandemia. Todo mundo teve ao menos uma despedida muito diferente do que imaginava que seria. Muita gente comemorou um aniversário com o *Skype* ligado conversando com amigos. Todo mundo com amigos para comemorar junto, claro. Mas agora a tendência é esquecer a pandemia e começar a tentar viver como era antes dessa merda toda começar. Ou seja, você sai de uma merda, passa por uma pior ainda para sentir saudades da merda original.

Quando eu descobri que teríamos um encontro familiar no Natal de 2020, a situação era bem diferente da que vivemos atualmente, um ano depois. *Ninguém havia sido vacinado* – cortesia de um presidente que não responde seus e-mails porque é negacionista. Existiam riscos sérios por conta do comportamento inadequado dos convidados e pra quê encontrar, sabe? Vai comemorar o quê quando tem tanta gente de luto? Celebrar a vida no meio de uma pandemia é como ver celebração do Dia do Orgulho Hétero ou branquelo falando que existe racismo reverso. Não faz sentido.

É como eu digo. Se você não quer ter filhos, não transe. Se eu não quero pegar COVID-19, não vou aglomerar, porra.

A pandemia não acabou, mas com quase 60% da população tomando a segunda dose da vacina é um cenário de esperança para tornar possível um encontro sem risco de ser contaminado por alguma Miss ou Mister COVID-19 que existem por aí. Tem uns espíritos de luz que não ficaram um dia sequer em casa por causa da "saúde mental". *Não fode*. A pessoa *nunca* nem tinha ouvido falar no termo "saúde mental" até março/abril de 2020. E o que é "saúde mental", sabe? É encontrar sem máscara com as pessoas que também estão cuidando da "saúde mental" num lugar fechado com um monte de desconhecido ouvindo (e cantando) Gusttavo Lima? Como é que funciona isso, afinal?

A minha mãe me *comunicou* sobre o almoço de família em setembro – bem na época em que ela começa a sua assustadora tradição de decorar a casa com os enfeites natalinos antecipadamente. Você chega para uma visita no feriado de 7 de Setembro e é recebido por um Papai Noel consciente (ele tem uma máscara no rosto) e com sensor de movimento

**O almoço de Natal** 13

que diz "Ho ho ho". Ela disse que o almoço seria mais "tranquilo" que o do ano passado. Desta vez, ao invés de gastar energia brigando contra a festa ou insistindo que procurassem outro lugar para fazer de covil de coronavírus, o meu único pedido foi que ela não ficasse sem máscara na companhia negacionista de quem após mais de um ano ainda acha que é "gripezinha". Com (uma inesperada) calma e sabedoria, ela assentiu.

Eu deveria saber que ela estava de sacanagem com a minha cara.

Seria mentira se eu afirmasse que mantenho recordações dos 36 Natais que passei com a minha família. A verdade é que não lembro nem da metade das celebrações. Tenho memórias de *flashes* desconexos, como a gritaria tradicional dos genes italianos e portugueses querendo se sobressair (essa herança genética prevalece cada vez mais aguda. Aqui ninguém escuta de verdade, só espera a própria vez de falar); macarronada; vinho; presentes na árvore de Natal; decorações natalinas antecipadas; ouvir Mamonas Assassinas; esperar até meia-noite para abrir os presentes; mais gritaria; crianças chorando; brigas; ganhar meias de presentes das tias no tradicional Amigo Oculto etc.

Lembro de quando eu era somente uma criança na casa dos meus tios e os adultos ficavam gritando uns com os outros enquanto seguravam as cartas do baralho no meio de uma partida de buraco. Aquela loucura confundia o Thiago de 20 anos atrás e eu nunca entendia nada porque: ou me mandavam embora da sala em que a jogatina acontecia ou começavam a brigar uns com os outros e a festa acabava. Também não tenho nenhuma recordação natalina de passar um dia que fosse na casa da família do meu pai. Será que eles também brigavam assim? Nunca vou saber o que perdi com essa ausência.

Depois de crescer e ver chegar a hora de montar uma família e nossas próprias tradições, ficamos com essas lembranças na cabeça. Será que conseguirei ser diferente na minha vez ou vou somente repetir tudo que já aconteceu comigo no passado? Talvez a necessidade que sinto de ficar quieto na minha sem sentir vontade de conversar fiado com outras pessoas tenha começado aqui. Ou quando me expulsavam da mesa de almoço para deixar meu irmão mais novo ocupar o meu lugar. Ou quando tentavam de alguma forma encaixar nove pessoas numa mesa para seis. Eu nunca fui fã do tal jeitinho brasileiro (antes mesmo de entender o que significava) e isso sempre me parecia um tipo de improviso ofensivo contra a ordem.

Mas também seria injusto comigo mesmo se eu dissesse que não faz a menor diferença lembrar ou não do passado. *Claro que faz diferença.* Talvez as coisas pudessem ser diferentes e eu nem ficaria tão ansioso precisando lidar com a irritação de conviver com outras pessoas que geralmente só aparecem para falar com você uma vez ou duas por ano – sempre com as mesmas perguntas ou conversas chatas que eu não faço questão alguma de ter. Porra, talvez eu até pudesse ser um projeto fascista de macho escroto que escuta Gusttavo Lima e bateu 17 na urna eletrônica – não sei se seria demente ao ponto de querer voto impresso ou acreditar na Terra plana, no entanto.

*100% demente* não dá, me matem, por favor.

De qualquer forma, família é família, né? E a minha é um pouquinho mais complicada que as outras. Todo mundo diz isso, *eu sei.* Mas acredite em mim quando digo: as tretas e segredos da minha família ganham de qualquer segredo doméstico que você possa se envergonhar se alguém compartilhasse em um post no seu Instagram. É *feio.*

## CAPÍTULO 3.
# INFELIZ NATAL

Meu dia 25 começou mal depois de viver uma véspera de Natal *emocionante* o suficiente para o controle emocional de qualquer pessoa mentalmente equilibrada. O jantar com a família da minha noiva estava indo bem até o momento em que começamos a discutir. Aliás, para ser uma discussão, as duas pessoas precisam participar. Foi mais um monólogo de acusação. Discutir por causa de *Likes* na rede social é bobo, mas é algo importante demais para ela. Quando ela acabou o discurso explosivo, eu simplesmente abri meu celular e deletei o Instagram na sua frente. Chamei um Uber e voltei sozinho para casa. Não sei se ela virá almoçar aqui hoje depois disso, para ser sincero. Fiquei muito puto de precisar deletar um instrumento de trabalho por causa das coisas que eu curto ou deixo de curtir. Mas só fiz isso porque estou de férias e nenhum cliente vai conseguir exigir a minha atenção nas suas redes sociais no feriado. E eu aposto que eles vão tentar cedo ou tarde. Cliente acha que quem atua como *social media* não tem vida social. A maioria de fato não tem. Não é o meu caso, desta vez, pelo menos.

Ainda um pouco bêbado, acordo arrependido por ter exagerado no *capeletti* na noite anterior. A gente coloca um pouco no prato, cutuca com o garfo, sente aquele molho de tomate gostoso, a mistura de alho-poró e queijo parmesão quentinho na boca e quando se dá conta repetiu o prato mais duas vezes.

O reflexo que vejo no espelho me dá um pouco de nojo. Sei que não posso fazer muito pela minha cara, mas alguns quilos a mais e será impossível ver o meu pau. Sei que estou gordo porque sinto meu bigode suando quando faço sexo. Sei que estou gordo porque minhas coxas ficam assadas nas raras vezes que faço uma caminhada. Se eu chegar aos 40 com essa barriga, ela não vai embora nunca mais. *Nuncamais*. Esse é o tipo de coisa que me desanima. Como é que uma gostosa como a Maria pode sentir tesão num adulto fracassado e gordo como eu? Tenho vergonha de tirar a roupa perto dela. Ela insiste que me ama, quer se casar comigo e que está tudo bem. Tudo bem *meu cu*. Quando começo a pensar na evolução da minha barriga ao longo dos anos, nas ligações constantes do Itaú avisando que estou no cheque especial, na completa ausência do mínimo centavo para criar uma reserva financeira, na falta de energia vital, começo a me perguntar *quando* ela vai cair na real que eu sou uma perda de tempo. Ela é concursada na prefeitura, tem estabilidade financeira de quem investe na Previdência Privada, CDB, Fundo de Renda Fixa e até na Poupança desde que teve o primeiro trabalho com carteira assinada. Eu trabalho fazendo *freela* de redes sociais e nunca sei quanto de dinheiro terei na conta no próximo mês. Porra. Tenho quase 40 anos de idade e moro com minha mãe. Meus únicos investimentos são feitos na minha própria barriga. É um belo fundo de investimento sem fim.

Às vezes olho para o meu pau e faço uma comparação com minha vida: um imenso potencial desperdiçado. Todos aqueles cursos, todas aquelas horas estudando, todos aqueles elogios. Pra que? Aposto que minha barriga começou a crescer enquanto eu estudava, inclusive. Não adianta nada quando falam que você tem potencial, se no final das contas não sabe como usá-lo. E eu ouvi isso de mais mulheres que meu orgulho permite lembrar. Exceto da Maria.

São oito horas da manhã e meu celular é o retrato de como vejo o meu futuro: vazio. Maria não mandou nenhuma mensagem. Será que devo me preocupar? Irei esperar um pouco até mandar uma mensagem para confirmar se ela virá almoçar aqui na casa da minha mãe hoje. Não quero mandar agora porque estou sentindo o cheiro do café fresco vindo lá da sala. Eu preciso mesmo de um café para ocupar a minha mente. Gosto do cheiro do café pela manhã.

Enquanto a minha mãe e o meu padrasto Jesse tomam o café da manhã quentinho e comem o pãozinho de sal que sobrou do dia anterior, o jornal matinal apresenta mais uma história com os tradicionais requintes de crueldade a que esperamos encontrar nesse tipo de programa. Pode ter certeza de que não dá para se decepcionar quando se trata da qualidade da programação da TV aberta brasileira. Tem canal que não solta o osso nem quando é manhã de Natal.

Na madrugada de hoje, um entregador de *delivery* matou dois clientes em um motel na BR 040 sentido para o Rio de Janeiro e fugiu do local. O suspeito ainda não havia sido identificado e a polícia militar ainda não sabe qual foi o motivo do crime.

Comentei que demorou até algo assim começar a acontecer. Com a gasolina finalmente ficando mais cara que uma coxinha nas paradas de ônibus na rede Graal, era uma questão de tempo até aparecer um surtado querendo descontar a raiva em quem não tinha nada a ver com seus problemas. Sugeri um cuidado extra ao pegar *Uber*. Tenho plena certeza de que eles serão os próximos a surtarem e começar a assassinar seus passageiros. Falo em voz alta, para mim mesmo:

"Tem que olhar bem para a cara do motorista e se perguntar "esse motorista tem cara de surtado? Esse motorista vai tentar me matar se eu pedir para trocar a música ruim que ele escuta ou se eu começar a xingar o presidente?"

Minha mãe torce o nariz e não fala nada. Mesmo depois de todo esse tempo, ela ainda insiste em defender o presidente da Cloroquina. Jesse começou a falar alguma coisa sobre ter que pegar e matar todo vagabundo, mas eu já estava prestando atenção no intervalo do jornal. Parece que a ideia de Natal da Record é exibir *Código de Conduta*, um filme de ação bem peculiar para a data. Existem filmes ruins. E existe o *Código de Conduta*. "Quem é que vai assistir isso hoje, *véi?*", perguntei para cortar a parte que o Jesse falava algo sobre brasileiro não gostar de trabalhar, vagabundo ter que morrer etc.

Quando não está tragando um ímã de câncer no pulmão com direito a distribuição de senhas coletivas para as pessoas ao seu redor ou observando o flerte da cachaça com a cirrose, Jesse tenta falar e a minha família finge ouvir. Eu fico um pouco chocado com o jeito que as pessoas tratam ele. É altamente frustrante ser um adulto invisível, mas eu não sei se ele tem consciência disso. Eu tenho.

Terminei o café da manhã sem contribuir para o projeto de desaparecer com a visão do meu pinto enquanto tomo banho. A xícara de café foi acompanhada apenas de fatias de queijo frescal e pedaços de manga. Saudável. Se eu fosse influenciador digital postaria um *Stories* agora falando o quanto sou *fitness* enquanto meus seguidores se entopem de carboidratos e gordura enfiando pãozinho de sal pelo cu. Influenciador sincero. Sucesso garantido com os piores patrocinadores possíveis.

Pego o meu celular para confirmar o que já sei: ainda sem mensagem no WhatsApp. Vou tomar o remédio para controlar a hipertensão e passear com a minha cachorra Brienne. Uma volta no quarteirão. Saudável demais. Antes preciso limpar a área dela. Cachorro é muito legal até você precisar limpar bosta todos os dias. Ainda que Boiadeiro Australiano seja um cão de porte médio, às vezes é como se eu estivesse limpando caca de um Dogue Alemão. E como fede. Não importa a qualidade da ração. Essa bosta é fedida. Todo dia a Brienne me olha catando o cocô dela. Deve pensar que eu sirvo apenas para encher seu pote de ração e depois limpar o que sai dela. Se eu fosse um cachorro, sentiria um prazer cruel observando meu dono diariamente. Seria um cachorro de alma felina.

Minha mãe me avisa que os meus sobrinhos vão chegar um pouco mais cedo e pergunta se posso cuidar deles até minha irmã voltar do mercado com as compras para começarem os últimos preparativos do almoço. "Claro. Posso colocar Dramin no refrigerante deles?", pergunto.

Ela não responde. Não sei se ela me leva a sério quando digo essas coisas. Nem eu sei se estou falando sério, mas tecnicamente o Dramin misturado com Guaraná ou Coca-Cola provavelmente teria seu efeito anulado. Então é mais uma reflexão moral. *Será que é OK dar Dramin para os sobrinhos endiabrados*? Será que é OK ter um Natal sossegado sem o risco do Ruan colocar fogo na cortina, como fez no ano passado?

Fico imaginando as pessoas me elogiando no futuro. "Seus filhos são muito educados e comportados!", elas diriam sem ter a menor ideia do meu segredinho envolvendo café da manhã com um coquetel especial com anticoncepcionais e Ritalina misturados no iogurte e Sucrilhos. Já li sobre isso. É o Biotônico Fontoura da nova geração.

Não demorou muito para Ruan, Valentina e Enzo chegarem. Gritando. Bem alto e estridente. Minha irmã Tatiana nem chega a entrar direito, mas fica tempo o suficiente para dizer que eu estou *quase* obeso. Você sempre pode confiar no carinho familiar para cuidar da sua autoestima. Devolvo alguns palavrões e ela diz que vai comprar algumas coisas e logo estará de volta. Ela é sete anos mais nova que eu e dois anos mais nova que o Talles. Quando éramos crianças, eu costumava fazer terrorismo insistindo que ela era adotada. "Eu e o Talles temos olhos escuros. Meu pai tem olho escuro. Minha mãe tem olhos verdes. Você é a única que tem olho azul. Pensa um pouco. *Claro* que você é adotada."

Ruan e Valentina são filhos dela. Ele tem oito anos e é um ano mais velho que a irmã. Fico satisfeito dele não chegar usando boné aba reta como se fosse funkeiro ou com alguma coleira prateada gigantesca que provavelmente causará danos na sua coluna no futuro. Chame do que quiser, mas tio que cresceu ouvindo música boa não quer ter sobrinhos comprometendo seus ouvidos com qualquer porcaria. A culpa é da Tatiana que ouve essas merdas. Não foi a criança que escolheu isso. Valentina está mais calma que o normal e isso é um pouco assustador. Geralmente, ela me ignora completamente e só se aproxima para fazer careta ou pedir alguma coisa – e eu culpo as letras de funk carioca que já conseguiram ensinar uma criança de sete anos de idade a ser interesseira e acabaram antecipando o ritmo natural das coisas. Prevejo o futuro da minha afilhada: aos 16 anos de idade, Valentina vai chantagear seus pais como se fosse um negociador do mercado de investimentos. Aos 21, vai enganar tanto homem trouxa que terá até um curso online para ensinar seu passo a passo para outras mulheres. Minha irmã está fodida.

Já Enzo é meu sobrinho mais velho. Ele tem dez anos de idade e é o único filho do Talles. Queria ser um tio mais próximo, mas o magrelo vive em prisão domiciliar e aparentemente não sou uma boa influência para ele conviver normalmente. Existe um fundo de verdade em dizer que não sou uma boa influência. Ele está estudando numa escola militar e frequenta a Igreja Quadrangular Evangélica. Meu irmão é PM. Então, é certo eles acreditarem que eu falaria uma coisa ou outra sobre o quanto certas afirmações são idiotas, ficcionais ou a mistura disso tudo. Eles estão certos pra cacete. Imagina como seria divertido deixar o menino descobrir "Que País é Esse?" e incentivá-lo a cantar a música na escola? Ou ensinar o quanto o nazismo foi ruim e como o atual presidente se aproxima de Hitler. Falaria de Charles Darwin. Sobre o formato real do planeta Terra. Eu também o incentivaria a namorar com uma garota evangélica. Se ele a traísse um dia e ela descobrisse, poderiam orar juntos e culpar o diabo. Isso é tão garantido de funcionar quanto dois mais dois são quatro.

Talvez os pais dele tenham um pouco de razão de controlar o nosso contato.

Sei que essas crianças querem ficar no mundinho delas conectadas no celular jogando *Free Fire* com algum pedófilo profissional, mas é Natal. Até eu, como viciado em internet, aliás, principalmente eu como viciado em internet quero que eles façam diferente e tenham algum tipo de entretenimento fora da telinha rachada do celular arregaçado deles.

Enzo sugere passear com a Brienne. Meu bigode começa a suar só com a ideia. Valentina tenta me desafiar a ficar de cabeça pra baixo. "Duvido que você consiga", ela diz naquele tom de superioridade tipicamente leonino. Já Ruan tenta me convencer a jogar *Playstation 4*, mas a mão dele sua bastante e não quero minha manete ensebada depois. Além dele ser novo demais para conseguir jogar direitinho comigo – não quero admitir o risco de perder uma partida de FIFA para um catatau cabeçudo e fedorento das mãos suadas. Decido ligar a TV e procurar alguma atração interessante.

Vejo que o noticiário voltou a falar do assassino do *delivery*. Algo como as vítimas serem, na verdade, a sua própria esposa e o seu irmão – também casado. A viúva apareceu na câmera (sem máscara) dizendo que recebeu uma ligação do cunhado (e assassino). Aos prantos, ela balbuciava sobre a grande ameaça do cunhado, que iria tirar a vida de mais pessoas ao longo da noite antes de cometer suicídio. *"Ele diss qui vai istragar a fecidade das famíia nu Natal"*, ela afirma com lágrimas escorrendo e se misturando com o catarro do nariz.

A câmera agora foca no rosto de um delegado com ar cansado e irritado. Ele repete para a população tomar muito cuidado com os pedidos via aplicativos de *delivery* enquanto apresenta a imagem de um homem desequilibrado bem parecido fisicamente com o Walter White de *Breaking Bad*. Branquelo, careca e com cara de quem não deixa a mulher ficar por cima durante o sexo. E que deve usar meias nas relações. O delegado reforçou que a polícia já tinha pistas do paradeiro do criminoso e que o caso seria solucionado rapidamente.

O assassino foi identificado como Sérgio Cunha, um pai de família ciumento e possessivo que vivia brigando com a sua esposa. Na pandemia ele ficou sem emprego e começou a fazer bicos trabalhando com entregas. A reportagem foi encerrada com a imagem de Cunha e as informações de contato para denúncias.

Definitivamente, isso não é algo que esses pirralhos deveriam assistir – mas tenho certeza de que é exatamente o tipo de coisa a que assistem enquanto almoçam em casa antes de irem para a escola e disputarem com os coleguinhas quem ouviu a pior história na TV naquele dia. Então tenho uma ideia mais divertida para o nosso dia.

"Vocês querem ouvir uma história?"

## CAPÍTULO 4.
# FAMÍLIA

Aproveito a minha terceira cerveja do dia como se eu fosse um virgem prestes a pegar num par de seios pela primeira vez. Desajeitado e apressado. Existe toda uma metodologia para suportar o Natal em família. Ela envolve beber pouco, mas beber rápido. Não vai demorar muito até que eu fique um pouco alto. Então, sinto uma vibração no meu bolso. A Maria finalmente enviou uma mensagem.

Perguntou se estava tudo bem. Aquele tipo de preliminar inútil que as pessoas gostam de fazer para preencher os espaços de uma conversa, como se fosse *Perfil* e você precisasse avançar as casas na medida em que acerta as pistas. Isso me irrita. Tentei ser mais prático e perguntei de uma vez que horas ela viria.

Em um passe de mágica, a troca de mensagens se transforma e ela deixa de lado as reticências. A conversa passa a ter um sentido. Ao sentir que estava tudo bem, Maria me pergunta se eu já falei para alguém que estamos noivos. Penso em responder dizendo a verdade. Não quero *ter* que falar isso para alguém. Quem tá casando sou eu. Não quero compartilhar isso agora, como se precisasse dar satisfação. Na certa alguém vai dizer que vou engordar mais. Vai fazer piada debochada e machista sobre casamento. Vai dar conselhos e falar como se soubessem o que é um casamento. Porra. A família inteira é divorciada ou adúltera e vai mesmo querer me dar conselho sobre casamento? Ao invés de me desgastar explicando os meus pensamentos para ela e deixar claro que também não estou tentando esconder nada ou me arrependendo, digo apenas que a aliança no dedo deve ser o suficiente para perceberem a novidade.

Dá para perceber pelas mensagens que Maria ficou frustrada. Conhecendo bem a mulher que escolheu ficar comigo, ela não vai se contentar e vai dar um jeito de falar sobre nossos planos futuros. Se ao menos soubesse mais sobre a minha família, daria um jeito de fugir, trocar o número de celular, e-mail e me bloquear de todas as redes sociais já inventadas. Mas ela não precisa saber de tudo. Ela vai casar comigo. Não com eles.

Ela se despede e diz que daqui a pouco estará aqui em casa. Tempo o suficiente para que todo mundo chegue para o almoço. Além das tias gêmeas Vilma e Violeta, também chegaram seus respectivos maridos,

Gilberto e Renato. São dois caras chatos, mas o Renato se destaca porque acha que pode ser íntimo da minha mãe só porque também é policial civil. É comum ele chegar armado nas festas para se exibir. Mesmo antes de se aposentar, exibir a arma nunca foi algo que minha mãe gostasse de fazer. Dizia que era coisa de homem com pau pequeno. Deve ser o caso. O Renato consegue a proeza de ser mais homofóbico que meu irmão. E isso deveria ser o suficiente para que fosse preso um dia, mas sabe como é… Justiça é para todos, menos para a polícia. Já o Gilberto só é notado depois que fica bêbado. Aí, meu amigo, ninguém merece. Só o Jesse consegue conversar com ele, pois ficam próximos do mesmo nível etílico da falta de noção. Nunca lembro com o que ele trabalha porque saber isso não faz a menor diferença na minha vida.

Não tinha visto o meu primo Pedro, que é o único filho da tia Vilma. O Pedro é mais ou menos assumido – exceto para a família. Qualquer pessoa que acompanhe as suas redes sociais consegue perceber que ele não curte garotas, mas imagino o pânico que sente quando precisa vir nessas festas e lidar com a baixaria da família. Ainda que tenha lá seus 25 anos e esteja quase formado em Direito, nunca me pareceu confortável o suficiente nos encontros. Ele me cumprimenta: "Ouvi o finalzinho da sua história. Você quem inventou?"

Respondo que você precisa dominar a arte do *storytelling* para manter o emprego na área do marketing digital. Ainda mais quando você tem quase 40 anos e pode ser substituído a qualquer momento por um pirralho adolescente que nasce postando no Instagram #cheguei, e fazendo dancinha com o cordão umbilical no TikTok. *Principalmente* nesses casos.

Ele dá uma risada. É muito bom quando alguém da família entende meu humor e não me faz sentir um completo idiota. Seguimos trocando alguns comentários sobre o Governo. Felizmente, Pedro é a única pessoa da família que afirma não ter vontade nenhuma de repetir o erro de eleger o Bolsonaro em 2018. Eu gosto de lembrá-lo disso – é um pouco de sadismo da minha parte, eu sei – mas logo o parabenizo por ter recuperado a razão e digo para a gente brindar a um 2023 sem um imbecil no Palácio da Alvorada.

"Aos próximos imbecis!", ele diz.

"Não força, moleque", respondo enquanto entorpecemos nossos corpos e mentes com o puro suco de cevada responsável por tornar menos insuportável a convivência com tantas pessoas complicadas durante o almoço de Natal. Sempre fico pensando no quanto é contraditório Pedro ter escolhido votar em um candidato tão machista, racista, preconceituoso, incompetente e homofóbico. É esse o tipo de comportamento que o discurso repetitivo do Ornitorrinco conseguiu. É como se você fizesse um negro ser contra o racismo e sair pela rua usando um capuz branco. Uma mulher ser contra o feminismo e achar tudo bem quando é tratada como um objeto sexual. Não tem lógica, mas a vida é assim, né? Um apanhado de ações que se conectam sem lógica alguma.

Pelo aumento no barulho e volume das vozes na cozinha, parece que mais alguém acabou de chegar.

Escuto o falastrão xingando e reclamando de alguma coisa que não consigo entender. Meu irmão e eu somos, o que podemos dizer? Incompatíveis. Tanto que às vezes eu realmente não consigo entender nada do que ele diz. Primeiro porque não faz sentido. Segundo porque certamente é uma idiotice escrota machista ou homofóbica. Terceiro porque fico tentando entender como é que sou tão diferente dele. Deles.

Quando a gente era criança existiam brigas, mas era coisa comum da idade. Teve uma vez em que fiz ele se mijar na calça dentro da C&A. Outra em que ele foi carregado e jogado dentro de uma caçamba de lixo. Também teve o dia em que pegou o extintor de incêndio da escola e apertou em cima de uma garota negra, cujo apelido era "Fumaça". Em sua defesa, alegou que queria apagar a fumaça. *Inofensivamente* racista desde cedo. Na medida que o tempo passava, a gente se afastava mais. Existiu um breve momento de paz em que éramos unidos pela competitividade adolescente masculina: a gente disputava quem fazia mais barulho transando – e quem durava mais tempo trepando, claro. Mas fora isso, acabou. Não tinha mais nada para compartilhar ou conversar. Ele seguiu carreira como um agente de segurança pública, sob protestos familiares de ter um PM em casa (funciona como torcidas de times de futebol: se você é PM, não quer ter familiar PC e vice-versa. Se você é Federal, quer morrer se alguém cogitar fazer concurso para PM ou PC), e virou um pau no cu que repete os discursos preconceituosos propagados no quartel. Tem anos desde que passamos a conversar somente em situações urgentes, como alguém doente ou coisa parecida.

Vejo meu irmão fantasiado de Papai Noel e a esposa Adriana passando carregando sacolas enormes com vários latões de Brahma e comida fria. Ao contrário dele, ela não é grosseira, não fala gritando e não é policial. Opostos se atraem, certo? Quando não está no culto da Igreja, Adriana trabalha com fisioterapia. E ganha mais que o Talles. Uma vez perguntei o que precisava para a pessoa trabalhar como Pastor. Ela brigou comigo porque "não era um trabalho, era uma missão". Perguntei se ela não tinha vontade de realizar essa "missão", mas ela explicou que Deus prefere que a missão seja feita pelos homens. Preferi não render porque obviamente percebemos o quanto aquela conversa era inútil tanto para mim quanto para ela.

A cumprimentei e percebi que a minha irmã também tinha retornado, acompanhada de mais sacolas e do marido. As coisas que tenho em comum com meu cunhado: torcer pelo glorioso Clube Atlético Mineiro... e só. Ao contrário do restante da família, não tenho nada contra ele. Imagino o quanto Bruno se sinta intimidado sabendo que todas as outras pessoas não gostam dele ou não o consideram a melhor pessoa para viver com minha irmã. Existe toda uma implicância motivada principalmente pela sua cor.

A minha relação com a Tatiana também é frustrante. Talvez em uma escala menor do que com Talles. Pelo menos, atualmente. Quando era novinha, ela ia sempre nos shows de rock comigo. Tinha potencial para ser alguém com quem eu pudesse conversar, sabe? Até que começou a ir mal na escola, conheceu gente perdida da cabeça e passou a ouvir batidão carioca. Me sinto um tanto culpado por essa última parte. Não é papel do irmão mais velho ensinar sobre qual música ouvir, qual filme assistir etc? Fracassei nisso. Na verdade, o que me chateia é que ela sempre ficou nas melhores escolas e mesmo assim cagou no maiô. Eu sempre tive que me virar no ensino público. Se um dia existiu a chance de eu me tornar um médico bem-sucedido ou um advogado inescrupuloso (perdoe o pleonasmo), essa chance passava pela realidade alternativa em que nunca cheguei a estudar em uma escola pública na vida. Não é criticando os professores, mas digamos que o ambiente era muito confortável para você cumprir os requisitos mínimos usando a técnica do menor esforço e conseguir passar de ano. Sou acomodado, fazer o quê?

Nunca acreditei na existência de mulheres que buscam relacionamentos com homens exatamente iguais aos próprios pais até observar, de longe, as escolhas amorosas de Tatiana. Parecia até que fazia de propósito. Como adicional particular, o esforço imenso de escolher os sujeitos com a cara mais destruída possível – de preferência com lesões permanentes causadas em brigas de rua ou acidentes; depois vinha o pré-requisito do nível de grosseria e aptidão para gritar ou brigar o tempo inteiro. O grande lance para ela é se sentir a mulher mais bonita num raio de cinco quilômetros. Branquinha de olho azul no morro é princesa. Agora em bairro de classe média ou alta, é só mais uma. Ela gosta desse tipo de atenção diferenciada. Bruno atendia boa parte dos pré-requisitos. Só não tenho certeza a respeito da violência. Será parecido com o nosso pai? Espero que não.

Todo ano passo o Natal pensando e tentando reconstruir o passado para entender como segui caminhos tão diferentes dos meus irmãos. Talvez a culpa seja mesmo dos nossos pais, no final das contas. Como eram muitas brigas, incontáveis humilhações e agressões (físicas, morais e psicológicas – persistindo até os dias de hoje), e principalmente por conta de todos os segredos que eu preferia nunca ter tomado conhecimento, preferi sair de casa para morar com meus avós e ter um pouco de paz na vida.

Talles e Tatiana são tão diferentes de mim que as pessoas até estranham quando descobrem que somos irmãos. Acham que, ironias do destino, eu sou o adotado. Tem um ditado que diz "Deus não dá asa para cobra" e talvez esse distanciamento tenha sido necessário para que eu não me tornasse a união do pior dos meus pais em uma única pessoa. Isso me transformaria em uma pessoa perigosa demais para conviver em sociedade.

Meu pai chega acompanhado da namorada Michelle. Ela é mais nova que a Tatiana e arrisco dizer que seus pais são mais novos que os meus. Talvez ele tenha a idade do avô da garota, vai saber. Confesso ter um pouco de receio do ímpeto sexual da Michelle. Desde que fiquei sabendo da nova relação do meu pai há alguns meses, fico pensando nela como uma versão sem picador de gelo da Sharon Stone em *Instinto Selvagem*. A sua buceta substitui o picador de gelo e consegue fazer o mesmo estrago. Fico imaginando os dois transando, meu pai tendo uma gozada fatal e os paramédicos prendendo Michelle por uso de arma branca. Sei que é muito errado imaginar seu próprio pai transando, mas eu não posso evitar. A profissão da Michelle é ser gostosa. Bancada pelo papai, mamãe e agora pelo seu *sugar daddy*, passa o dia todo na academia fazendo musculação, crossfit, pilates, yoga e dieta. Ou trepando com meu pai. E digamos que ela goste bastante da minha família, sabe? Tenho um pouco de inveja de quem ganha a vida usando o corpo. Essas pessoas nunca vão usar 10% do próprio cérebro. Aliás, elas devem acreditar que usam 100% da atividade cerebral e vivem felizes. Como posso resistir à tentação de sentir inveja de quem é tão ignorante e bem-sucedido?

A primeira coisa que meu pai me diz é que estou gordo. "Você está roliço, meu filho. Faça um regime! A sua barriga está maior que a minha. Mulher nenhuma gosta de homem gordo". Michelle dá um riso afetado de quem nunca soube o que é ter gordura abdominal nessa barriga negativa que exibe com orgulho e sem ligar para os riscos de incomodar o restante da ala feminina da família. O desprezo dela por se aproximar de alguém gordo é proporcional ao medo que tenho de cumprimentá-la sem máscara. Além disso, fico pensando na falta de lógica do que acabei de ouvir. Se meu pai afirma isso com tanta certeza, e ele mesmo está muito longe de ter uma barriga chapada, será que percebe que Michelle está com ele por interesse? Escuto a voz da minha noiva passando pela minha cabeça, mas meu impulso é rápido demais para ser controlado.

– Que tal perguntar se eu estou bem? Se estou feliz? Experimenta fazer isso. É bem menos desagradável que vir falar da minha barriga ou que estou isso ou aquilo. Bom dia para vocês também – Então olho para o Pedro, único que não achou graça do comentário (talvez porque o medo que sente do meu pai desde a infância agora tenha virado ódio mesmo), e falo para a gente descer e beber mais um pouquinho. Deixo meu pai e meus irmãos conversando sobre uma "questão" envolvendo um terreno familiar e uma ocupação ilegal. O assunto é de interesse de todos, mas estou cagando e andando para essas merdas e por isso prefiro nem saber do que se trata. A única coisa que escuto é meu irmão falando que estava tudo certo para resolverem o problema. Sinto um leve arrepio porque sei o que significa "resolver o problema" por aqui. Nunca é boa coisa.

A nossa casa tem dois níveis. O nível da casa, com os quartos, cozinha, sala e banheiros; e o nível inferior, onde temos a piscina, o jardim e uma cozinha *gourmet* com um fogão a lenha decorativo. Na verdade, ele é de verdade, mas nunca chegou nem perto de ser usado. Apesar do almoço ser servido na sala e na imensa mesa para vinte lugares, minha mãe faz questão de receber toda a família na área de lazer.

Vejo que até a minha tia-avó Laila chegou e eu nem tinha notado. Também não vi meu primo Vitor, que estava quietinho no canto acompanhado da nova namorada. Eu entendi rapidamente por que ele não quis me cumprimentar ao chegar, mas o Pedro não disfarçou e logo perguntou quem era a mulher maravilhosa que o Vitor estava escondendo da gente. Vitor deu uma risada sem graça. Deve se sentir como uma onça vegetariana que leva um pequeno antílope para conhecer a

**O almoço de Natal** 27

família. Certeza que está desconfortável esperando pelos comentários idiotas do meu pai, e claro, do Talles. Tudo bem que não deve ser fácil conviver com o marido macho escroto que a tia Violeta arrumou, mas o Renato é um anjo perto do meu irmão.

Cumprimentei Vitor e a namorada, Julia, e logo fiquei ansioso para ver a reação do meu irmão. No dicionário, quando você pesquisa o termo "cafajeste", existe uma foto dele ao lado. Até onde sei, ele tinha duas amantes fixas, além do casamento. Eu gosto de transar, mas não tenho saúde para manter três mulheres que provavelmente não sabem uma da outra. Tenho certeza de que ele irá fazer algum tipo de comentário estúpido com a coitada da Julia, que está aflita no meio de toda essa gente desconhecida sem máscara e falando alto. Fico um pouco ansioso porque estou curioso para presenciar o encontro e o constrangimento no rosto do casal e isso me faz sentir culpado. Me pergunto se me sentiria culpado, caso não fossem simpatizantes do atual presidente. Caso eu me sentisse parte do núcleo familiar.

Acenei para a minha tia-avó, mas não tenho assunto nenhum para tratar com ela fora um "oi" e "tchau". Confesso não ter vontade de tentar mudar isso. Tudo começou depois da minha mãe ter me contado que foi vítima de um "serviço" da tia Laila. Leia-se: macumba. Minha mãe reclama de todo mundo o tempo inteiro. Ela conseguiu me fazer ter ranço da esposa cheia de fé do meu irmão durante um tempo. E agora da minha própria tia-avó. O fato da tia ser negacionista, antivacina, machista, homofóbica e apoiadora ferrenha do presidente também têm seu papel nesse afastamento.

O chato do Renato me vê e pergunta se não vou cumprimentá-lo. Ele fala naquele tom autoritário que só um babaca fardado tem. Se acha o próprio Capitão Nascimento, mas tá mais para o Bino ou o Pedro. Respondo que quem tem que cumprimentar é o visitante. Arrombado filho da puta. Tenho ódio de gente folgada e espaçosa como esse cara. Se não fosse marido da minha tia, eu nem olharia na cara dele. Nem o Talles, no auge da sua babaquice, consegue ser tão insuportável. Aceno para o outro parente-avulso chato, Gilberto, que está com o copo de cachaça na mão e brinda com o Jesse. São os nossos pudins de cachaça. Existe o risco de ficarem totalmente imprestáveis se continuarem bebendo e o almoço não for servido rápido. Se eu fosse um pouquinho mais parecido com meus pais, colocaria o Renato e esses dois na linha rapidinho e não teríamos almoços natalinos nessa família. Pelo menos, não com eles presentes.

Sinto algo pontudo cutucando o meu cu e dou um pulo assustado. Maria está bem atrás de mim e pergunta porque eu estava todo distraído. Penso em dizer que ela não iria querer saber, mas Maria é a pessoa mais curiosa do mundo. Iria insistir até eu contar e fugiria com medo assim que soubesse. Me viro para ela, a abraço, e digo o quanto a amo e estou feliz dela ter chegado para me acompanhar nessa tortura que é o almoço mais infernal do ano, também conhecido como almoço de Natal.

## CAPÍTULO 5.
# ALEGRIA, ALEGRIA

Por infernal, talvez eu tenha me referido aos comentários do meu irmão ao conhecer a namorada do Vitor. Eu queria acreditar que foi somente uma completa falta de noção idiota quando ele falou coisas absolutamente constrangedoras para a garota. Eu queria acreditar que foi somente pelo prazer de deixar meu primo sem graça. Mas eu sei que não foi só isso. Ele realmente não tem esse nível de bom senso e não percebe o quanto é ridículo. Até me arrependo de ter ficado ansioso para presenciar isso. Embora tenha sido exatamente como imaginei...

Por infernal, talvez eu tenha me referido ao acervo estúpido e homofóbico do marido babaca da minha tia. O fascista gosta de repetir o senso comum de falar que PT quer transformar o Brasil em Cuba. Ou Venezuela. Fala contra os comunistas. Fala da Lei Rouanet. Diz que o Moro é um traidor. Chama o Lula de ladrão corrupto. Que a Dilma é uma puta. Que Jean Wyllys é um boiola sem pregas. Chupa as bolas do presidente dizendo que ele é o mito, que ele tem razão e sei lá o que mais porque desliguei meu cérebro e parei de ouvir.

Por infernal, talvez eu esteja pensando na minha tia-avó batendo boca com meu pai no ano passado. Um lado gritando que gosta de puta e outro falando que não gostava de veado. Eles possuem a mesma opinião de merda, no final das contas, mas se odeiam tanto que nem percebem. A lembrança desta visão tão surreal, claro, me faz rir. Juro que foi coisa de um gritando com a boca aberta cheia de farofa na cara do outro. Nível Zorra Total, mas sem a intenção de ser engraçado. Não que Zorra Total fosse engraçado, claro.

A Maria e o Pedro ainda não haviam se conhecido. Acho que vão se dar bem. Ele torce o nariz para absolutamente qualquer coisa que o arrombado do Renato grita enquanto tenta conseguir atenção e aprovação do Talles, meu pai e minha mãe. Eu tenho vontade de dizer que bastaria arrotar e peidar alto para conquistar o carinho desejado, mas prefiro guardar o pensamento. Pedro não consegue evitar e fala baixinho: "A coisa mais triste do mundo é a pessoa que vive dentro do armário." Maria dá uma risada concordando com ele. Nunca prestei atenção na existência do Renato, porém faz muito sentido isso. Afinal, se a pessoa é tão contra gay assim, é tão homofóbica e não se dá conta de que na verdade sente uma curiosidade, uma atração. Aí não sabe como lidar com esse sentimento.

Renato parece ser exatamente assim. A obsessão dele com veado é maior que a fixação anal do Olavo de Carvalho. Todo Natal é a mesma coisa.

Minha mãe interrompe o idiota do Renato e avisa que o almoço está quase pronto. Isso significa que é para todo mundo parar de conversar fiado e começar a subir para a sala e esperar a comida. Ela nem termina de falar e já estou subindo as escadas para fugir do nível radioativo daquelas conversas por alguns segundos. Passo pela mesa imensa que super renderia uma fotografia inspirada na Última Ceia (uma versão da tradicional família brasileira arrombada, quem sabe?) e entro na sala de TV. Maria me acompanha e Pedro chega logo depois.

Meu pai também chega acompanhado da Michelle, que está contando para quem quiser ouvir sobre os lugares que ela gostaria de ir. "Daqui a uma semana vamos descansar em Natal. Eu queria descansar em Barcelona, mas seu pai não quer voltar lá. Mas estamos combinando de viajar para a Austrália no ano que vem. Quero muito tirar uma foto com um canguru!", ela diz e eu evito olhar para a Maria. Tenho certeza de que ela também imaginou um canguru agredindo a Michelle. Depois fala sobre a sua dieta. "Descobri uma dieta IN-CRÍ-VEL. Funciona mesmo! É a papinha de neném. E é tão prático! Posso comprar meu almoço na Araújo! Sempre pego para o mês inteiro." Fala sobre a academia. "Essa semana meu treino foi muito puxado. Aquele *personal trainer* adora me destruir…". Meu pai está bocejando e revirando os olhos. Não parece ter ouvido nada que saiu da boca da Michelle. Eu não tive a mesma sorte.

Há uns dois meses encontrei a Michelle no supermercado… Com o meu irmão. OK. Você pode perguntar: "e daí?". Eu responderia simplesmente com "Você não faz parte da minha família". Se não significasse nada, ele não teria me cumprimentado para ser simpático. Teria simplesmente fingido que eu não existia – como faz normalmente. Ela, inclusive, até tentou começar a tentar se explicar, mas foi tão patético que até o meu irmão falou para deixar pra lá.

Horas depois recebi uma série de mensagens no meu WhatsApp. Talles queria saber se eu tinha contado para o meu pai, se eu pretendia contar, falou que terminou tudo com ela e que não ia acontecer mais nada entre eles. Respondi que não era idiota de falar aquilo com meu pai e que não era um problema meu. Meu irmão é como um cachorro no cio. Comer a namorada do pai era demais até pro nível dele. Tudo bem, eu entendo, ela nem parece humana com aquela barriga, mas que porra ele tem na cabeça? Morri de vontade de saber os detalhes e como tudo começou, mas não quis me tornar cúmplice.

"Ei, Michelle! Tem tempos que a gente não encontra... Foi num churrasco lá na casa do meu pai ou foi no mercado?", pergunto para interromper o monólogo fútil dela sobre as dificuldades e desafios de ser uma grande gostosa. Eu sei. Sou um cuzão provocador.

Michelle, que agora já estava com o celular na mão tirando *selfies*, me dá um sorriso imenso e fala que foi no churrasco mesmo. E então pergunta se eu ainda trabalhava com redes sociais, pois estava procurando alguém para ajudá-la. *Que cretina*, penso. Ela está no lugar certo, na companhia certa. Mas está brincando com o perigo. Maria logo entra no assunto, me elogiando e falando do que consegui fazer pelo seu perfil de receitas.

A verdade é que Michelle me surpreende. Não é todo dia que você descobre que a namorada do seu pai é amante do seu irmão casado e agora está todo mundo juntinho aqui, como se nada demais um dia tivesse acontecido. Queria poder compartilhar isso com a Maria, mas ela não precisa saber de tudo. Se soubesse, não iria querer a Michelle com muito contato comigo. Vai saber se ela tem fetiche em transar com todos os homens de uma família. Mas Maria mal imagina que uma predadora sexual viciada em academia é o menor dos segredos desta casa...

Não sei se vi primeiro a minha prima Vanessa e sua enorme barriga de grávida carregando o pequeno Ravi ou o embrulho vermelho voando na minha cabeça. Tenho vontade de perguntar qual é o nome verdadeiro do Ravi porque nome próprio com quatro letras é sigla, mas desconfio que ela não acharia graça. Ainda não estou bêbado o suficiente para esse tipo de humor.

– Você é muito paia, Thi!

Enquanto dou um generoso trago na cerveja, pergunto "que porra eu fiz desta vez, caralho?". E ela nem me espera terminar de falar para me acusar. "Você me deletou do *Insta*! Por que você fez isso?". A Vanessa é assim. Chega fazendo barulho e não espera nem você perguntar se está tudo bem. E ainda é uma daquelas pessoas que fala "Insta". Puta que me pariu. Como eu odeio quem diz "Insta", "Face", "Zap". Olho para a Maria e tomo outro gole da *long neck*.

"Eu não deletei *você*, jacu. Eu deletei a *conta* inteira."

Vanessa não percebe Maria se ajeitando no sofá e nossa troca de olhares culpados. "Mas porque você fez isso? Não precisa do Instagram para trabalhar?". Não tem mais cerveja para o tanto que quero beber e seria necessário me levantar para buscar mais uma. Me lembro do embrulho que atingiu a minha cabeça e o procuro atrás do sofá. Qualquer coisa pode virar arma fatal nessa porra de família.

Maria decide responder por mim e deixo meus pés se moverem em um *slow motion* descoordenado em relação ao restante do meu corpo enquanto entrego o embrulho de volta para a Vanessa. Preciso me equilibrar para não cair e estragar esse momento. "Ele deletou porque fica curtindo foto de menina de cu aberto toda hora". Maria tem o sangue quente. É uma autêntica amante latina, apesar de ser 100% mineira. Deve ser por causa da combinação de fogo no seu mapa astral. Eu acho isso engraçado – na maioria das vezes, pelo menos.

A sala explode em uma gargalhada estridente. Não devo ser o único que acha engraçado ouvir alguém enciumado falando "cu aberto" para se referir a uma outra pessoa. No entanto, somente meus sobrinhos achariam graça nisso. As risadas são maldosas. As risadas são porque eles gostam de ver barraco ao vivo e em cores para ter o que fofocar depois. Eu ficaria despreocupado se fosse somente a gargalhada do Pedro, da Vanessa, até da Michelle, mas o meu pai também ouviu e riu. Isso significa que em menos de cinco minutos todo mundo vai ouvir a versão dele para essa história e seremos piadinha nas próximas festas/ encontros. Claro, ninguém vai falar disso na frente da Maria.

Na verdade, eu só deletei o meu perfil porque quero tirar férias bem longe do celular e de interações nas redes sociais. Maria cisma com o cu aberto de pessoas que sequer recebem meus *likes* e não adianta eu dizer que é só porque *gosto* de *ver cu* aberto – embora nenhum cu esteja realmente aberto no sentido literal. Ela acha que é desrespeito e comportamento típico de macho escroto. E eu não concordo, até porque nunca escondi isso dela antes de começarmos a namorar. Se não estou interagindo com as donas dos cus abertos (muito menos com seus respectivos cus), por que seria desrespeitoso? Se não estou flertando com as donas dos cus abertos, por que diabos seria desrespeitoso? *Enfim*. Era para ser uma discussão íntima. Agora será o assunto do Natal. *Parabéns*, Maria. Vou te deixar sem sexo de presente de Natal esta noite.

**O almoço de Natal** 33

CAPÍTULO 6.
# VALE TUDO

Durante anos afirmei que odiava Carnaval sem precisar sair de casa para andar no sol, ver um monte de chafariz humano vazando líquido por qualquer orifício, beber cerveja quente, escapar de treta com gente folgada, ter o celular roubado no meio da aglomeração, compartilhar saliva com outras 313 pessoas etc.

Um ano decidi me convencer de que estava errado e saí de casa para curtir a festa da carne. *Curtir.* Não peguei ninguém, mas andei pra um caralho debaixo do sol, sem querer fiquei íntimo demais de várias mulheres que mijavam a cada esquina (mas não do jeito que queria. Para começo de conversa ninguém quer começar intimidade vendo a outra pessoa mijando, porra), bebi cerveja quente e vi várias brigas. Muitas pessoas reunidas não são tão diferentes de macacos com fome. Não precisam de muito motivo para agirem como animais irracionais.

Meu sentimento em relação às festas de Natal em família é parecido com o que sinto sobre o Carnaval. Especialmente porque existem tradições que nunca mudam. São sempre iguais. Você sabe o que pensa e sente sobre cada uma delas, mas mesmo assim é convencido de repetir as piores delas todo ano. Eu tento ficar quieto, evitar contato, falar menos, mas não adianta. Não tem como escapar. É mais maldição do que tradição.

Por exemplo, a hora da foto. Eu odeio ser fotografado, fazer pose e tal. Primeiro porque tenho uma dificuldade inexplicável para conseguir tirar uma fotografia. É como se a minha alma fosse envelopada e me dá calafrios pensar em um macumbeiro do mal fazendo vodu para minha imagem.

Ainda tem a parte de ser obrigado a fazer pose. Como é que você fica com o rosto congelado na vida real? Eu não sou modelo, cara! Estou muito longe de ser modelo por mais que a Maria reforce o tempo inteiro que me acha gostoso. Ela deve ter fetiche com a ideia de entupir as próprias artérias com a minha gordura hipertensa porque só isso explica ela me achar gostoso. Ninguém gosta de homens com quase 40 anos, com a barriga peluda parecendo um ursinho. Quer dizer. Talvez exista quem goste de homens com corpo de papai urso, mas não são as pessoas que teriam um *match* comigo, entende? O ponto é que fotos registram o momento e não quero registrar a existência dessa porra de barriga de *chopp*.

**34**  Tullio Dias

Além das fotos, existe a tal da tradição de juntar toda a família de mãos dadas em volta da mesa e começar a rezar. Se ao menos o "senhor" que eles agradecem fosse o velhinho responsável pela colheita dos alimentos disponíveis na sua plantação, ok. Mas não. Não é prático. Agradecemos a Deus pelo alimento cultivado por um senhorzinho agricultor. Jesus ficaria insatisfeito com essa ingratidão.

Amigo Oculto é outra coisa maravilhosa que a gente faz cara de paisagem e finge gostar de participar. Cresci traumatizado recebendo meias e cuecas de presente de Natal. Cresci traumatizado recebendo presentes de loja de R$ 1,99 quando participava do Amigo Oculto na escola. Sem falar naqueles discursos mentirosos. Na maioria das vezes, a gente não suporta a pessoa que tirou no sorteio e ainda precisa encostar nela na hora de dar o presente. Credo. Não tem como gostar disso.

Música é um assunto sério para mim. Por isso que às vezes tenho vontade de furar os meus tímpanos quando sou levado acorrentado para uma reunião familiar. Tudo isso porque eles simplesmente não sabem ouvir música. Não tem amor. Só escutam qualquer porcaria que esteja na moda e é isso mesmo. Seria melhor se Simone fizesse parte da trilha sonora do meu Natal. Não é o caso. Hoje temos Barões da Pisadinha, Gusttavo Lima, Matheus & Kauan. E outros que não sei o nome.

E aquele tio inconveniente cheio de piada machista ruim? É o primeiro a ficar bêbado, vai falar imoralidades para a sobrinha que acabou de entrar na adolescência, falar para as namoradas dos sobrinhos comerem muita salada porque gostam de "verdura". Tem as tias incapazes de entender o significado de constrangimento. Beliscam a sua bochecha, dizem que te carregaram no colo e limpavam seu *bumbum*. Perguntam (mais de uma vez, porque estão ficando senis) dos namoradinhos... namoradinhas... Ninguém merece.

Por fim, o que mais me irrita nessas reuniões familiares é quando não-vegetarianos começam a comer a minha comida. Eu sou vegetariano e não fico cutucando a porra de churrasco de bicho assassinado de ninguém, mas tem sempre um iluminado pegando a minha comida usando talheres que estavam mergulhados na carne sangrenta de um animal entupido de hormônio para chegar na mesa de alguém. Como se a só contaminar minha comida não bastasse, eles comem tudo. Repetem o prato que deveria ser meu, enquanto as opções deles sobram. Sempre. Juro. Isso acontece todo Natal. Por isso preciso pedir comida pelo *delivery* para não dormir com a barriga roncando. Virou uma tradição particular.

Fico pensando nisso enquanto tentam me obrigar a ficar parado para tirar a fotografia da família nesse Natal. Essa é apenas a primeira tradição. O almoço nem começou... E ele sempre vem com um acompanhamento sempre indispensável. Uma verdadeira tradição familiar universal: as tretas. As nossas tretas são diferenciadas. Agora mesmo, o interfone acabou de tocar e ninguém ouviu. Fica mesmo difícil ouvir com tanta gente berrando alto sem prestar atenção nas besteiras que um diz para o outro. Falam pelo prazer de ouvir a própria voz. Está todo mundo ocupado demais, exceto meu irmão. Ele só fica calado quando alguma coisa ruim acontece. Pelos olhares de ódio da Adriana no outro canto da sala, desconfio que algo ruim aconteceu.

Vou até a sala em que fica o monitor da câmera de segurança para ver quem tocou o interfone, mas não consigo reconhecer a mulher (jovem e bonita) que está parada na frente de casa com um embrulho. Pergunto quem é, mas ela simplesmente pede para falar com o meu irmão (jovem, bonita e mal-educada). Antes que eu responda de volta usando a minha própria educação, vejo que o Talles está parado atrás de mim com a maior cara de cu do universo. Sorrio e digo que ele tem uma encomenda para receber.

Ele pega o interfone e diz que já está indo. Sem me olhar, sai em direção ao portão. Nesses momentos, a gente se pergunta: será que eu vou embora agora ou depois de descobrir do que se trata essa visita? Não precisa muito esforço para escolher a segunda opção. Com o interfone colado no ouvido e os olhos vidrados na tela do monitor de segurança, vejo meu irmão dando um esporro vergonhoso na convidada inapropriada. "Que porra você tá fazendo aqui? Tá querendo me foder? Minha família toda está aqui. A minha esposa está aqui. Vaza, porra!"

# PARTE II

## CAPÍTULO 7.
# A OUTRA

O jeito que meu irmão escolhe correr riscos é diferente. Fico curioso para entender a cabeça de uma pessoa que acha OK visitar a casa da família do amante em pleno almoço de Natal. Será que ela foi iludida com os velhos clichês que fazem parte da bíblia do arsenal de todo *boy* lixo casado, como "tenho um relacionamento aberto", "estou divorciado", "a gente nem transa", "a gente não conversa mais", "se eu divorciar, ela não vai deixar eu ver meu filho"? Como alguém realmente acredita nisso? De qualquer forma, ela deve ter considerado o risco de dar de cara com a Oficial. Jovem, bonita, mal-educada e afrontosa.

Talvez o Talles tenha mesmo prometido abandonar a família e iludiu mais uma garota. Pode pedir até música no Fantástico já. Todas elas são iludidas. Alguma coisa precisa ter acontecido para ela ter se decidido, mas infelizmente pelo interfone não consigo descobrir nada. Vejo meu irmão bravo repetindo "vá embora, Denise. Tá tudo acabado. Já falei" e tentando mandar a garota embora.

Se daqui a alguns anos eu decidir contar para alguém sobre o dia que meu irmão fantasiado de Papai Noel brigou com a amante que tentava entrar no almoço de Natal da família, me chamarão de mentiroso. Quero gravar este momento para usar como prova.

Dá para ver a briga piorando substancialmente agora que a minha cunhada apareceu gritando (não consegui entender o que ela falou, mas coisa boa não era). A telinha do monitor da câmera de segurança vira uma edição especial de Natal do Casos de Família. Estico a cabeça para olhar o corredor e me certificar que estou sozinho e ninguém está sabendo da briga acontecendo do lado de fora do portão. Ainda escuto as conversas altas na sala. Se ninguém ficou em silêncio para ouvir o barraco, é porque ninguém sabe (ainda). Estão perdendo o grande evento do dia.

"Sua piranha! Some daqui! Pare de ficar seduzindo o meu marido. Procure o seu.", Adriana berra enquanto é contida pelo meu irmão. É como se ela estivesse prestes a dar um cacete na tal da Denise. Talles precisa fazer muito esforço até conseguir segurar a esposa, que mesmo assim consegue dar alguns tapas e puxar o cabelo da amante, que agora está dentro de um carro e dando a partida para ir embora.

Jovem, bonita, mal-educada, afrontosa e humilhada.

Nunca vi a Adriana tão nervosa assim. Ela chuta a porta do carro e não para de xingar nem quando é puxada para dentro de casa de novo. Acho que crente tem permissão de usar palavrões nesses momentos, né? Meu irmão também entra e fecha o portão. Eles ficam parados conversando, mas não consigo entender as palavras porque o microfone só funciona próximo do interfone. Ou meu irmão tem uma lábia muito boa para conseguir ser perdoado o tempo inteiro ou usa o mesmo argumento que vou ensinar para o filho dele aplicar no futuro. Só Jesus salva.

E o almoço nem começou... Esse ano está promissor. Maria chega na sala para descobrir o motivo do meu sumiço e a minha mãe aparece logo atrás. Ela pergunta quem foi que tocou o interfone. Olho para ela e faço uma pausa dramática bebendo outro generoso gole da minha *long neck*. Então, conto exatamente o que aconteceu. "Apareceu uma convidada indesejada e o Talles foi lá dizer que ela não podia participar do nosso almoço, que era uma coisa exclusiva para familiares oficiais. Aí a Adriana também foi lá reforçar o recado e deu umas porradas na mulher." Não teria a mesma graça de guardar esse tipo de barraco só para mim.

Maria fica indignada e pergunta dez vezes em sequência se eu estava falando sério. Ela faz isso. Depois reclama por não ter sido convidada para assistir ao barraco todo de camarote. Já minha mãe balança a cabeça negativamente, como se estivesse cansada de lidar com esse tipo de situação. "Nem no almoço de Natal esse povo consegue ficar de boa", reclama.

Talles e Adriana já estão na sala tentando disfarçar o climão. Olho para o casal e começo a remoer a vontade de perguntar quem tinha tocado o interfone. Imagino algumas possibilidades de consequências, caso faça mesmo esta pergunta: 1) Meu irmão pode me mandar tomar no cu, pegar as suas coisas, puxar o filho e ir embora. E todo mundo brigaria comigo, me acusando de ter acabado com o almoço de Natal sem entender como uma pergunta "inocente" poderia ter causado isso; 2) Meu irmão pode me mandar tomar no cu, rir da situação correndo o risco de deixar a Adriana ainda mais humilhada e puta, e seguir o almoço normalmente; 3) Meu irmão pode me mandar tomar no cu, Adriana pode me olhar com cara de tristeza e ódio, minha mãe pode me mandar calar a boca e até meu pai, que não tem porra nenhuma a ver com a história, pode vir tirar satisfação comigo. De qualquer forma, se eu fizer esta pergunta, *eu* que terei problemas. Às vezes é melhor ficar calado e simplesmente colocar comida no prato para almoçar o mais rápido possível.

**O almoço de Natal** 39

Antes, claro, é preciso se reunir para tirar a porra da fotografia familiar de Natal com todo mundo sorrindo como se fosse o melhor dia do ano, como se todo mundo se conhecesse direitinho e, principalmente, se respeitasse. Que puta mentira do caralho. Jesus está julgando todo mundo nesse momento.

CAPÍTULO 8.
# A NOVIDADE

Eu odiava quando era obrigado a frequentar a Igreja. Nunca aprendi a rezar. Nem Ave Maria. Nem Pai Nosso. Nunca passei da parte do "*Ave Maria que estais nos céus. O Senhor é Convosco. Santificado seja vosso nome. Jesus*". E nem sei de qual oração esses versos fazem parte. Uma vez confessei para um primo que eu gostava de frequentar as missas somente para comer o pãozinho e beber vinho. Ele chorou, contou para o meu pai e levei uma surra. E nunca mais me levaram na missa. A ideia de castigo dos meus pais era genial.

Por isso quando chega a época do Natal e vejo todo esse povo (que não lembrou nem da porra do meu aniversário) querendo me abraçar, pedindo pra Jesus me abençoar, eu fico é puto. Vai abençoar o caralho. Que porra é essa de querer fazer em poucas horas (de um dia em que as pessoas estão mais preocupadas com o que vão comer) o que não foi feito o ano todo?

Enquanto minha mãe incentiva todos a fecharem seus olhos e rezar para a Nossa Senhora Aparecida (é engraçado quando ela faz isso porque todo mundo sabe que é uma provocação para a Adriana), mantenho os meus abertos e me surpreendo quando até o Ruan está com os olhos fechadinhos rezando com as mãozinhas coladas encostadas no nariz. O terrorismo religioso funciona tão bem que o risco de ir para o inferno causa pesadelos até nas crianças. Nunca imaginei isso, mas talvez Jesus seja mesmo a solução para dar um jeito na agitação desse delinquente infantil.

Será que se eu começar a rezar todos os dias, vou conseguir emagrecer ou ter um emprego melhor? Afinal, é disso que trata a fé: um caminho para acreditar que existe atalho para conquistar seus sonhos. A indústria do milagre faz fortunas, mas infelizmente, quem trabalha de *social media* não tem trocados sobrando para o dízimo ou mesmo tempo para rezar todo dia. Se eu não tivesse deletado o Instagram, provavelmente iria receber um monte de mensagem de cliente hoje. E adivinhe: nenhuma delas seria para me desejar "feliz Natal".

Digo "amém" automaticamente quando a prece se encerra, mas antes de encher o meu prato de comida e me alimentar para não ficar totalmente bêbado, a Maria começa a falar em voz alta para atrair a atenção dos meus parentes esfomeados.

**O almoço de Natal** 41

"Gente! O Thiago tem uma novidade para falar para vocês!" – com a faca batendo no lado do copo, Maria faz algo que eu sempre quis fazer durante um almoço. Chamar a atenção batendo no copo é sempre sinal de um grande anúncio, mas não sei se faz sentido anunciar o noivado para a minha família agora. Antes ela usasse essa faca para furar meus ouvidos e me poupar de todas as merdas que vou ouvir nas próximas horas.

Maria está brilhando de alegria. Ela gosta de receber atenção. Parte de mim gostaria imensamente de se teletransportar para o momento exato em que o asteroide extinguiu os dinossauros, mas vou entrar na brincadeira. Por ela. Vou fingir que quero compartilhar esse momento com esses defensores de terra-planistas. Se eu fingir por muito tempo, talvez vire verdade. Quem sabe?

"A novidade é essa", digo mostrando a aliança de prata no meu dedo anelar. "A gente tá noivo. Partiu casar!".

Uma salva de palmas vem imediatamente na sequência. Eles vibram, dão parabéns, começam a falar besteiras do tipo "Casa mesmo! Não gosto de ver ninguém mais feliz que eu", e se levantam para vir nos abraçar. A ideia de contato com tanta gente de uma vez me causa arrepios. Maria, por outro lado, se empolga toda. Dá para ver as lágrimas escorrendo pelo seu belo rosto e entendo que de fato, esse tipo de validação ou ritual familiar é importante para ela. Tenho um pouco de inveja porque não consigo pensar igual. Não entendo qual é o sentido deles apoiarem ou comemorarem rituais em geral, como o casamento, gravidez e tal. Especialmente porque a família inteira tem um divórcio nas costas e contando...

Admito o medo de viver uma versão parecida com o que meus pais viveram. Não que eu seja grosseiro ao ponto de achar que resolverei tudo na base da porrada, gritaria ou intimidação. Mas não é como se fosse fácil a gente ignorar o contexto de onde veio. Ainda que de forma inconsciente, muitas vezes. Além de que a Maria não sabe exatamente tudo sobre minha família.

Quando a minha mãe abraça Maria, começa a dizer que ela será muito bem-vinda na família. "Eu gosto muito de você e seu pé é bonito. Se a pessoa tem o pé feio, eu não costumo gostar, não confio. Boa pessoa não é. Mas o seu pé é bonito. Estou muito feliz e espero que coloque esse menino no eixo. Já passou da hora dele acordar para a vida."

A minha mãe tem uma fixação com o "pé bonito" das pessoas e isso não me incomoda, mas fico realmente irritado quando sou chamado de "menino" nesse tom ou com insinuação que a minha vida foi um desperdício completo até o presente momento. Reconfortante saber que com quase 40 anos, sou visto como um fiasco que só *agora* fez algo certo. Isso é tão injusto de tantas formas diferentes que nem saberia por onde começar.

O almoço está esfriando na medida em que todo mundo faz fila para abraçar a Maria. Eu não ganho uma fila de abraço, claro. Estão abraçando e cumprimentando ela. Eu devo estar com a capa de invisibilidade do Harry Potter porque sou quase completamente ignorado, exceto pela tia Vilma, o Pedro, e a Vanessa. Parecem entender que ninguém casa sozinho e eu estou bem ali parado ao lado da Maria. Vejo as pessoas servindo seu próprio almoço e eu parado em pé, sem graça, esperando acabarem os abraços e cumprimentos.

Quando finalmente podemos nos sentar para comer, noto que a lasanha para vegetarianos quase acabou, como imaginei que fosse acontecer. Porém, a parte com presunto está praticamente intacta, como imaginei que aconteceria. Maria cochicha no meu ouvido "não foi tão ruim assim, né?", mas eu já estou irritado demais para conseguir prestar atenção no que ela diz. Pego na sua mão, puxo até meus lábios e dou um beijo. Consigo dar um sorriso real para ela porque estou feliz por nós, mas puta que me pariu. Tô com muita fome e comeram a minha lasanha.

Qual é a porra do problema dos não-vegetarianos? Se você come bicho, coma a porra do presunto de porco triturado. Qual é a porra do problema dos não-vegetarianos que não se contentam em comer a porra da própria comida, mas comem também a de quem não come a porra de bicho morto? Que sacanagem. Parece que todo mundo pegou a *minha* lasanha. Trezentas opções para eles. UMA opção para mim – além da salada, claro. E o que eles comem? O meu almoço. Vou precisar encomendar comida mais tarde. E dane-se o corno revoltado matando geral. Se ele aparecer por aqui, dou um cacete nele ou mando ele me matar depois de eu conseguir me alimentar.

CAPÍTULO 9.
# ALMOÇO DE NATAL

Etiqueta social da COVID-19:

- Se você não mora na casa que sedia a festa, fique sempre de máscara;
- Higienize as mãos com álcool;
- Evite contato físico. Ou seja, nada de beijos, abraços, dar as mãos etc;
- Os tênis e sapatos ficam fora de casa;
- Evite gritar ou falar muito alto;

Um cliente me pediu para preparar um post de Natal para o seu Instagram. "Curtir com responsabilidade e consciência", foram as palavras que ele pediu para eu usar. Não é surpresa que ele seja um influenciador digital bem irresponsável, que já teve COVID, passou para sua família e até perdeu os avós depois de dar várias festas clandestinas no ano passado. Não é como se ele estivesse arrependido. É mais porque perdeu patrocínios e precisou parar um pouco com a putaria. Meu texto foi aprovado, claro. E o cliente está desde ontem promovendo uma balada secreta apenas para convidados. Consciência social, sim, especialmente para os patrocinadores.

Até poderia ter colocado essas mesmas regras por escrito em cada lugar da mesa, mas qual o sentido? Se ninguém me escuta, é capaz de usarem o papel escrito "conscientização" como guardanapo. Maria falou que nem tudo estava perdido. "Pelo menos eles não acreditam na Terra Plana." E eu respondi "não acreditavam porque o presidente não fala sobre isso nos seus vídeos e os grupos de WhatsApp estão preocupados demais com a ameaça comunista do PT".

O almoço seria o único momento aceitável para alguém ficar sem máscara hoje, mas ninguém está preocupado com isso. O máximo de respeito às regras de combate à COVID-19 respeitadas aqui hoje é o álcool em gel, bem ali, pertinho da mesa, totalmente ignorado. Todo mundo já se abraçou, ninguém tirou o sapato, e quem escreveu as regras de etiqueta pedindo para as pessoas evitarem gritar ou falar alto, certamente não têm DNA italiano ou português.

"Então, finalmente conhecemos a *Marina*, né, Vitão? Você tinha falado que ela tinha cabelo preto. Essa é a outra?", pergunta Talles. A namorada, que se chama Julia, fica constrangida, mas tenta entrar na brincadeira. Vitor olha para a sua mãe, como se implorasse para ela deixar claro o quanto aquele comentário foi inapropriado.

Coitado.

Ele é jovem demais para entender que nessa família não existe "inapropriado". Podem te xingar de qualquer coisa (e todos vão rir). Podem te ameaçar fisicamente (e todos vão rir). Podem te bater de verdade (e todos vão rir). Você pode até trair a sua esposa e ter milhares de amantes (além de rir, vão te parabenizar). Eu até poderia ser o *tsunami* da discórdia, mas não me importo o suficiente para me intrometer. Aposto que o Talles provavelmente já até pegou o WhatsApp da menina. Mais uma potencial vítima no seu caderninho preto. Deve ser a coisa da farda. Não é possível. O fetiche feminino com caras uniformizados beira o inacreditável.

Uma vez ouvi a história de um motorista de ônibus que precisou alugar um barraco para dar conta das amantes. Pagar motel começou a ficar muito caro e o aluguel ficava mais em conta. Comia uma mulher diferente todos os dias. Dizia que elas gostavam de ficar ali, ao lado do motorista suado, bem perto do motor, na parte mais quente do ônibus. Tinham tesão nisso. Se é assim com motorista de ônibus, com certeza é muito pior com PM.

Jesse toma a iniciativa de pisar na jaca e pergunta sobre a sobremesa. "E o pavê? É *pacomê* ou não?" Minha mãe forçou uma risada, mas foi tão ruim que nem o seu parceiro de cachaça riu. Ao invés disso, Gilberto debochou do quanto esse trocadilho era velho e batido. Jesse não desistiu e perguntou se o peru estava gostoso.

Parece uma esquete dos piores momentos da Praça é Nossa, mas é a vida real acontecendo na minha frente. É o segundo Natal da Maria comigo e temo pela chance de ser o último. Quando olho para ela, vejo que está entretida conversando com o Pedro e a Vanessa. Provavelmente ela ouviu as pérolas perdidas do humor e preferiu ignorar. E olha que ela gosta de piadas ruins. Afinal, ela não aceitaria se casar comigo se não gostasse.

Em silêncio, como normalmente faço, me divido entre lamentar pelo pouco que sobrou da lasanha, comer o pouco que sobrou das opções vegetarianas e a salada de alface, e ouvir as conversas das outras pessoas. Talles pergunta para a Tatiana:

**O almoço de Natal** 45

"Você já terminou de ver Verdades Secretas na Globo?"

"Ainda não. O Bruno está assistindo comigo e vendo altos peitinhos. Não tem o que reclamar."

"Porra, eu não vejo a menor graça nessa putaria... Ainda mais na Globo. A Globo gosta é de veado. Tudo nela é com veado. Veado pra lá e veado pra cá. Depois que até o José Mayer virou veado... Desanimei. O cara *tinha novela* que rasgava *as mulher tudo* e vira boiola. Não dá.", responde meu irmão.

Bem perto de mim, vejo o Pedro apertando o seu copo de cerveja com força. Seu rosto está sério, como se respirasse fundo para se controlar. Maria também percebeu a reação do meu primo e me olha balançando a cabeça discretamente.

Renato dá um berro concordando com Talles e eles logo começam a chamar todo mundo que trabalha na Globo de veado.

"E o filme da Suzane?" "Deus me livre de dar dinheiro para assassina psicopata vagabunda. Só no Brasil mesmo."

"O irmão dela virou cracudo. Vive na Cracolândia."

"Por isso que eu não vejo filme brasileiro. Além de ruim, fica dando dinheiro para vagabunda.", diz a minha tia-avó, que não tem a menor ideia do que está dizendo, mas não se importa porque quer apenas participar da conversa concordando com meu irmão.

"Nosso dinheiro, né?", reforça Renato. Eu abaixo a cabeça pensando no quanto a ignorância é uma benção. Tenho até um pouco de inveja da ignorância raivosa deles. Deve ser mais fácil viver assim. É como o gado vivendo sem saber que a sua missão de vida é tomar muito hormônio para virar uma bomba cancerígena, levar um tiro na cabeça e ter toda a sua carne triturada para virar comida. As pessoas encontram conforto em brigar e agredir tudo que não compreendem e quando são convidadas a refletir sobre suas motivações, reagem com mais agressividade ou discursos rasos. Eu tenho mesmo inveja das coisas que eles dizem, do que eles acreditam e de como vivem. Mas sou só um gordo comunista que tem um *Macbook* e é motivo de piada.

De repente a minha mãe se levanta para ir até a sala de TV e aumenta o volume. Durante o dia todo a televisão permaneceu sintonizada na Record, que encontrou um verdadeiro ímã de audiência para ser o ingrediente especial do Natal da tradicional família brasileira, que é praticamente dependente da necessidade de ter velhos preconceitos reforçados. Todo mundo está vidrado querendo mais informações sobre o tal do "assassino do *delivery*". Afinal, quem não gosta de uma história de feminicídio no Natal?

Minha tia-avó começa a aplaudir e comemorar. Segundo ela, "tinha que matar mesmo. Essa piranha com o amante dela. Bem-feito!". Mesmo em silêncio por não suportar a velha, vejo que meu pai acena a cabeça discretamente concordando. Ele é orgulhoso demais para deixá-la perceber que concordam. É bem capaz de qualquer um dos dois mudar de opinião apenas pelo prazer de discordar um do outro. Lembro novamente da briga deles ano passado e preciso conter a minha vontade de rir.

Jesse afirma que essa história não vai dar em nada. "A Polícia não vai conseguir prender esse cara tão cedo." É a deixa perfeita para os fardados da família defenderem a honra da corporação. Renato chama a matéria de *fake news,* que eles estão inventando história para ter audiência no Natal. Por mais absurdo que seja isso, as minhas tias Violeta e Vilma concordam. Tenho vontade de falar para "largarem de ser burros e calarem a boca, porra". Meu irmão, ainda um pouco sem graça depois do barraco de antes do almoço, faz uma comparação com a época da ditadura e afirma que se fosse naquela época, esse cara já estaria morto. "Mas hoje os direitos "dos manos", a praga do feminismo, e essa imprensa comprada ficam criando esses factoides para tentar tumultuar e causar o caos na população".

Alheio ao resto das pessoas e suas discussões sobre o crime do momento, Gilberto interrompe a sua jornada etílica para reclamar da quantidade de passas no salpicão. Ele tem a sorte de falar isso agora. Ainda que suas preocupações sejam as mais coerentes e aceitáveis no momento. Seria engraçado se a minha mãe tivesse ouvido a reclamação. Certeza que mandaria enfiar as passas no cu.

Curiosa e sem entender o motivo da agitação familiar, Maria me pergunta do que todos estão falando, pois não costuma assistir à televisão. Ainda mais a Record. Explico para ela e mostro a reportagem pelo meu celular. Ela solta um grito agudo "Meu Deus... Eu conheço esse cara!".

Sem querer querendo, ela consegue a atenção de todos ao redor da mesa. Todos ficam em silêncio (exceto Gilberto, ainda resmungando sobre as passas), ansiosos para ter uma informação inesperada para servir de sobremesa natalina. Durante seus atendimentos como assistente social, a Maria conheceu o tal Sergio Cunha, um sujeito bem babaca, bastante violento, diversas vezes denunciado por violência doméstica. Ele chegou inclusive a assediar uma das assistentes que trabalhava com a Maria.

**O almoço de Natal** 47

Os "especialistas" da família agora, levando em consideração o relato da minha noiva, começam a tratar a situação sob uma nova perspectiva. Meu irmão diz que é só um crime passional e ele provavelmente vai se matar. "Ou será suicidado, se é que me entende...", diz Renato com uma gargalhada tão grosseira quanto seu comentário.

"Que papo gostoso para o almoço de Natal...", eu digo.

Mas não sou ouvido por ninguém porque na mesma hora a minha mãe começa a gritar enquanto lê o que estão escrevendo sobre essa história no seu grupo de policiais aposentados no WhatsApp. Talles e Renato também puxam seus respectivos celulares para acessar seus próprios grupos e encontrar alguma informação adicional.

A TV está bastante atrasada, para variar. Minha mãe conta que o assassino do *delivery* atacou novamente. Agora foi na região do bairro Buritis, pertinho daqui de casa. Parece que matou um cara esfaqueado e escapou atropelando uma idosa. A PM iniciou uma operação de urgência para abordar todos os motoqueiros de *delivery* da região. Talles reclamou da chance dele mesmo receber uma convocação para ajudar nas buscas. "Nem no Natal eu tenho sossego.", bufou.

Renato muda de opinião e liga para a sua família, avisando para tomarem cuidado com as entregas. "O negócio é não pedir nada, deixa o motoqueiro descansar com a família dele hoje. Vai passar fome hoje. Tem gente que passa fome todo dia e não morre. Não vai ter problema para você ficar um dia sem pedir iFood não", ele grita. Talles me olha e diz a mesma coisa, mas não com as mesmas palavras, obviamente. Dou de ombros e penso no quanto odeio quando ele age como se fosse o irmão mais velho. Na minha cabeça estou gritando: "Enfia o distintivo no seu cu. Sou mais velho que você, porra."

E assim termina o nosso almoço de Natal. Vários pratos vazios, a barriga dos não-vegetarianos cheia com a minha lasanha de queijo e todos curiosos com a vingança de um corno furioso. Seria incrível se todo mundo fosse embora agora, mas ainda tem o Amigo Oculto. Até penso em chamar a Maria para o quarto e dar umazinha, mas estou com fome demais para partir direto para a sobremesa.

CAPÍTULO 10.
# PAPO RETO

"Hoje você coloca R$ 100 de gasolina e o frentista te diz "até amanhã". O Brasil tá difícil demais" – reclama meu pai. Sei que deveria ficar calado, mas depois deles terem comido o meu almoço, decido apertar o botão do foda-se.

"E o dólar batendo R$ 6? Surreal, né? Um belo trabalho do economista lá. Paulo Jegue que chama?"

Meu pai fecha a cara e para de falar. Fica me encarando em silêncio e com o ódio crescendo. Eu não me intimido mais. Sinto a mão da Maria me apertando, mas a adrenalina corre solta. Quando alguém guarda demais os desaforos que escuta, chega um ponto em que simplesmente não consegue deixar pra lá. E isso geralmente acontece quando essa pessoa está de barriga vazia.

Renato não percebe o que estou fazendo e começa a tentar ver o lado bom da inflação, do dólar elevado etc. "Agora acabou a festa das empregadas domésticas. O Barreiro não vai mais conseguir ir para a Disney." E dá mais uma das suas gargalhadas grosseiras.

"Lembro de uma das declarações do Paulo Jegues… Ele disse algo como 'se o dólar bater R$ 5, é sinal de que sou incompetente e fiz algo muito errado.' Acho que ele acertou, né?", debocho. "E não vamos nem falar da facada lá porque isso é crime, né? Longe de mim cometer um crime na presença de tão ilustres homens da lei. Imagina rir do Mito? Chamar ele de Genocida? Nem quero fazer isso. Até porque ninguém entende que porra significa 'genocida'. Se for para xingar alguém, que seja de 'arrombado'. É lindo esse som. 'Arrombado'. Chamar de broxa ou corno também funciona."

Nesse momento, Maria abaixa a cabeça. Se ela gostasse de Dragon Ball Z, iria imitar o Goku e se teletransportaria para bem longe dessa casa, bairro, cidade, estado. País.

Talles é quem fala primeiro.

"Muito me admira você, com seu computador da Apple, com seu PlayStation 4, falando mal do presidente. Você quer é aparecer, esquerdista caviar, metido a comunista de Instagram. Vai lá pra Cuba. Vai morar na Venezuela.", é o que ele diz. É o que todos eles dizem.

Sempre. Todas as vezes. Se você não concorda com o presidente, você é comunista. Você é petista. Você é o capeta.

Renato também fica motivado a reforçar a sessão pancadaria, mas se contenta em dizer que estou errado. É engraçado que mesmo com toda a sua canalhice e grosseria, ele é um dos poucos que consegue manter o respeito comigo. E olha que eu acho ele um tremendo cuzão homofóbico do caralho.

É um efeito cascata. Um começa e os outros logo seguem atrás. Como bons gados.

Minha mãe começa a gritar comigo. Me chama de gordo barrigudo, fracassado, me manda cortar o cabelo, mudar de casa e dar abrigo para morador de rua. É uma baixaria. Estou acostumado, mas ainda tem o *gran finale*. É um combo tamanho família.

"Se fosse na época da Ditadura, eu lamento dizer, meu filho, mas você seria preso. E condenado. Iam te ensinar a ser homem. Naquela época não tinha nada disso que tem hoje. Celular, Instagram, Facebook, TikTok, WhatsApp. Não tinha esse bando de veado comunista inventando mentiras nos jornais porque eles iam em cana. Iriam todos sambar no pau de arara. Aquela época era boa demais. Você não sabe o que diz.", meu pai afirma. Eu esperava muita bosta, mas ele superou as minhas piores expectativas. Até a Maria é incapaz de disfarçar sua incredulidade com o que acabou de ouvir. Pior é que todos aqui pensam assim. Talvez menos o Pedro, afinal, ele é gay e seu destino na época seria apanhar ou morrer. Apesar de ter votado no atual presidente – e ter se arrependido, como ele gosta de lembrar – nunca foi a favor da Ditadura. Mas é uma exceção.

Penso em perguntar para o meu pai se seria OK me ver morto só porque escrevi algo contra um governo irresponsável, mas eu não preciso ouvir a resposta para essa pergunta. Já tive o suficiente por hoje.

Esse fascínio pela ditadura começou logo depois que o ódio pelo PT explodiu na época da Copa do Mundo. A propaganda funcionou como deveria e plantou a semente do ódio em uma geração apolítica e sem o mínimo de noção do que realmente significou aquela época. Até hoje, se você tiver estômago para perguntar, eles vão dizer que "só morreu terrorista, veado, ladrão e piranha". Que "gente do bem" não sofreu nada. Que o PT tinha que acabar, que é uma organização criminosa, terrorista. *Bicho, eu nem sou eleitor do PT.* Mas tenho o bom senso de entender que um partido que vivia fazendo alianças políticas tanto com a direita quanto com a esquerda ou o chamado Centrão, dificilmente tinha como plano secreto transformar o Brasil em um país comunista.

Queria conseguir explicar mais sobre os motivos dessa avalanche de bosta para a Maria. Entender o que há por trás da raiva pode ajudar sempre, mas mesmo eu fico surpreso e desanimado quando escuto essas coisas. Imagina ela. Além disso, não dá para contar tudo para a sua futura esposa. Especialmente quando diz respeito à sua própria família e seus segredos.

Até a minha mãe achou os comentários do meu pai pesados demais. Sem demonstrar se concorda ou não com essas asneiras absurdas, ela serviu a sobremesa para a Maria e depois para mim. "Toma, comunista de araque.", disse. É assim que ela tenta dar um jeito de amenizar o clima e passar panos quentes nos problemas. É como se o calor do momento sempre justificasse o que é dito. Não é bem assim. Palavras importam e machucam.

Renato percebe o clima um pouco pesado e solta mais uma pérola criminosa. "Ô Pedro, cadê você? Quero te dar os parabéns, meu caro." Pedro pergunta o motivo e imediatamente percebe a armadilha que armou para si mesmo. Renato dá um berro: "Uai... Ontem foi dia 24, seu aniversário, né?" e faz parte da família rir. Eu não achei a menor graça. Nem a Maria. Nem a mãe do Pedro. Muito menos o próprio Pedro. Mas é a vida como ela é, as pessoas como elas são. Ninguém vai brigar por isso, mas senti o Pedro ainda mais chateado do que já estava durante o almoço. Não queria estar na pele dele ouvindo tanta merda da própria família. E olha que sou o cara que acabou de ouvir do próprio pai que eu merecia morrer por falar mal do governo.

Decepcionado com o que ouvi do meu pai, simplesmente deixo que o sorvete de chocolate faça o seu papel de representar a doce ilusão de que está tudo bem e que essas são as "pessoas de bem". Vai ver eu sou o lado errado nessa história toda. Sou o ingrato, egoísta, incompetente e imaturo que eles estão ansiosos para ignorar e torturar.

**O almoço de Natal** 51

## CAPÍTULO 11.
# O TEATRO DOS VAMPIROS

Em 2021 se completam 30 anos desde que Renato Russo escreveu a letra de "Teatro dos Vampiros". O Brasil de 1991 era bem diferente do Brasil de 2021. Ao mesmo tempo, temos semelhanças assustadoras. É como se a vida fosse uma roda fadada a dar voltas para se repetir sem parar.

Lá atrás as pessoas comemoravam o fim da ditadura, do conservadorismo, da censura. Era uma época cheia de esperança de dias melhores, embora a inflação fizesse todo mundo arrancar os cabelos. Mas era tudo novo. Tudo podia. Era quase uma terra sem lei. Bem, para algumas pessoas, era mesmo. Continua sendo até hoje, inclusive.

Em 2013 tivemos o começo de uma mudança drástica que iria começar a afetar todo mundo de uma forma direta ou indireta. Pouco depois descobri coisas que preferia nunca ter tomado conhecimento. Posso dizer que entendi e conheci um pouco mais dos meus pais. E tive raiva do que vi. Como é que pode, sabe? Não sei como me tornei uma pessoa tão diferente deles.

Com a pandemia fui surpreendido com o atestado de ignorância do tal capitão. Ou será que me convenci disso? Que ele só é um louco, burro e imaturo. Acho mais fácil acreditar nisso do que na realidade. Muita gente pirou. Ouvi dizer de um cara aqui em BH que tentou matar o pastor do próprio prédio porque queriam fazer um culto religioso no começo da pandemia no ano passado. Era um cantor famoso até, mas não lembro o seu nome.

E nada mais foi igual. Nada mais vai voltar a ser igual. Muito menos para mim. É horrível sentir todas essas coisas e não ter coragem de fazer nada para resolver o problema. Na verdade, qualquer tentativa de resolver, só pioraria a situação. Então, nada resta, exceto sobreviver descobrindo diariamente o quanto somos impotentes. Um bando de eternos jovens sem dinheiro, procurando empregos e vivendo como trinta anos atrás.

CAPÍTULO 12.
# A ROSA DE HIROSHIMA

Temos um breve espaço de descanso no som ensurdecedor das vozes gritando. O silêncio nos permite ouvir algo inusitado. Viro o meu rosto na direção do rosto de Maria, que instintivamente faz a mesma coisa. Assim como a Brienne faz quando digo "biscoito", inclino a minha cabeça tentando ouvir melhor para ter certeza se estou ouvindo o que acho que está acontecendo na parede logo ao lado, na casa dos meus vizinhos.

Estamos todos em silêncio sem fazer barulho nem para respirar. Já vi o casal que mora ao lado. São da minha idade. Estou um pouco envergonhado por não proporcionar esse tipo de show com a Maria. Os gemidos se transformam em gritos de "vai, vai, vai" seguidos de um urro gutural de guerra.

Escuto a minha mãe puxando os aplausos e gritos de vibração para comemorar o "gol do vizinho". Até eu começo a rir e gritar junto. Maria dá um sorriso e sei que ela está feliz de ver a primeira interação saudável que tenho com eles hoje. De fato, é algo raro. Quando olho para o lado, percebo a cara fechada da única pessoa séria. Difícil saber se ficou mais irritado com a gente ou com os vizinhos transudos, mas é o tipo de coisa que sempre será normal no comportamento do meu pai.

Até alguns anos atrás, ele era o cara que falava todos os tipos de putaria. Pior é que ainda faz isso. Está tudo bem falar essas coisas, desde que seja a putaria dele. Ou a putaria que considera engraçada. Ouvir um casal transando para ele é como imaginar Jesus batendo punheta para um filme pornô com zoofilia de anões e cavalos. É chocante e repulsivo demais. Com cara de poucos amigos e querendo encerrar logo o assunto, ele pergunta para o Talles sobre as novidades na situação do assassino do *delivery* nos grupos da polícia.

Adultos com mais de 50, 60 anos agem como crianças enquanto gastam o dia inteiro olhando grupo negacionista e mensagens cheias de *fake news*. O mais louco é pensar que depois de tantos anos tentando nos ensinar a não conversar ou aceitar nada de estranhos na rua, nossos pais precisam ser orientados a não acreditar ou clicar em tudo que leem ou recebem de estranhos pelo WhatsApp.

Talles e Renato pegam seus respectivos aparelhos para se atualizarem. Renato diz que os grupos são muito mais rápidos que a TV e pos-

**O almoço de Natal** 53

suem informações privilegiadas que a imprensa esquerdista não tem acesso. Ou se tem, finge não ter. Talles conta que a polícia prendeu um suspeito e receberam o chamado de mais um ataque. Parece que uma família inteira foi assassinada. Mataram até o cachorro.

"Tem que pegar esse cara e matar", meu pai diz. Matando. É assim que ele resolveria os conflitos no mundo.

"Mas os direitos dos manos não deixa, pai. Dá problema. Bandido pode tudo nesse país. Só policial que se fode.", desabafa meu irmão.

"E quem não paga pensão também.", lembrou Renato. "Sem falar naqueles que perdem tudo por conta de umas piranhas interesseiras que existem por aí." Renato compartilha a *triste* história de um conhecido que correu sérios riscos de ser exonerado depois de se envolver com uma outra colega, que segundo ele, era fácil e dava para todo mundo do batalhão. "O que aconteceu é que ela fez uma denúncia na corregedoria afirmando que havia sido estuprada pelo cara. Até o pessoal podre da corregedoria se engasgou, né? 'Como é que é? *Você* foi estuprada pelo fulano?' Ninguém levou a sério. Imagina só. Uma vagabunda arruinar a carreira de um cara jovem e promissor. Eles já estão dando um jeito para sumir com ela do batalhão."

Maria arregala os olhos e morde os lábios. Estou preocupado. Em breve ela não vai conseguir disfarçar mais as suas reações diante os absurdos e começará a retrucar determinadas afirmações criminosas. Preciso pegar mais cerveja para acompanhar isso de perto e atingir um estado de espírito mais leve, caso aconteça algum tipo de conflito.

Minha tia-avó entra no assunto concordando com Renato e disparando a sua metralhadora de ofensas contra uma mulher que ela nunca viu, não conhece, provavelmente vítima de um estupro, mas que é, nas palavras dela, uma puta. Talvez a coisa mais triste seja quando uma mulher consegue repetir ideias tão ou mais machistas que os homens. Olho para o meu pai, esperando ansiosamente por uma reação após a minha tia repetir a palavra "puta", mas ele não está prestando atenção. Está ocupado conversando com Michelle, que parece bem a fim de cair fora da festa.

Olho para o lado e vejo o Gilberto pegando e virando a taça de vinho da minha tia Vilma, enquanto ela está distraída conversando com a Vanessa sobre a chegada do bebê. O marido da minha irmã percebe meu interesse naquele furto e dá uma risada. "Ele está fazendo isso direto... Já pegou umas quatro taças e virou. Não deixe seus copos dando mole", aconselhou.

Jesse, já ligeiramente alcoolizado, mas sem cometer nenhum furto de vinho alheio como Gilberto, solta mais uma das suas pérolas e imagino como seria colocar uma escada perto dele, subir até o último degrau e chutar a sua cabeça igual o Roberto Baggio fez ao bater o pênalti em 1994. "Eles vão falar que essas vítimas do motoqueiro do *delivery* morreram de COVID. Querem apostar quanto?"

Era só o que me faltava... Estava demorando para a sementinha negacionista brotar, mas agora todo mundo vai querer regar até ela virar uma imensa rosa de bosta.

"É isso mesmo. Todo mundo morre de corona agora. A pessoa tem AIDS, morre de corona. A pessoa tem câncer, morre de corona. A pessoa tem diabetes, morre de corona. A pessoa tem um infarto, morre de corona."

"A pessoa toma um tiro, mas a causa da morte é corona."

"É tudo safadeza... Tem Estado que estava recebendo dinheiro para ter mais morte de corona. Estavam pagando para os médicos."

"Pois é... E a imprensa golpista fica tentando derrubar o presidente."

"Eu não acredito nesse número de mortes."

"Nem eu! Tô dizendo! É tudo corona! Ninguém morre de mais nada."

"Isso é tudo coisa dos *ching ling* de olho puxado... A China enriqueceu mais que todos os países. Eles que fizeram esse coronavírus. É uma Guerra pelo poder."

"Não duvido mesmo. E ainda querem que eu tome essa vacina chinesa para pegar AIDS ou virar não sei o quê."

"Jacaré!"

"Viram que estão tentando até tornar a vacinação obrigatória? Quem não vacinar pode até ser demitido! Olha o absurdo!"

"É inconstitucional."

"Não bastou colocarem essas focinheiras na gente, agora querem de todo jeito tornar a vacinação obrigatória. Esses comunistas não vão sossegar enquanto não tirar a nossa liberdade."

"Eu não vou vacinar. Não adianta. Pode me demitir e eu processo. Não vão me obrigar a nada. Já tomei cloroquina, ivermectina, Anitta, tomei sol, vitamina C... Não tenho risco."

"E você é atleta ainda, né? Não precisa."

**O almoço de Natal** 55

"Eu também não preciso tomar a vacina. Nunca peguei nem gripe. Não vai ser agora depois de velho que vou pegar uma "gripezinha". "

"Daqui a alguns anos vamos saber a verdade e ver quem estava certo. Pena que aí será tarde demais para resolver tudo que esses prefeitos babacas, essa cachorrada fez nas cidades. O prefeito Kalil deveria ser preso."

Olavo de Carvalho ficaria orgulhoso do botão da rosa negacionista cultivado durante esses minutos de puro dedo no cu e gritaria, enquanto o sangue do meu sangue – e agregados que se esforçam para intoxicar a nossa genética e torná-la ainda mais burra nas próximas gerações – berravam suas falsas verdades para quem quisesse ouvir. Que derrota. Que vexame moral. Que vergonha.

Decido virar metade da *long neck* praticamente de uma vez. "Amor, você tem certeza de que quer entrar para essa família?", pergunto para Maria.

CAPÍTULO 13.
# SELVAGEM

Minha mãe interrompe a radioatividade nível Chernobyl da conversa e avisa sobre o Amigo Oculto. O aguardado momento perfeito que antecede a debandada geral, como as pessoas esperando cantar "Parabéns" e cortar o bolo para escaparem das entediantes festas de aniversário infantis.

"Falem o que quiserem, mas a verdade é que todo mundo lá em Brasília tem ódio do Bolsonaro porque ele não é corrupto. É o único que não é corrupto, que luta contra os ladrões e tira a mamata de todo mundo. Ele é o melhor presidente que o Brasil já teve." afirma meu pai, que faz questão de ignorar que só foi fazer a sua primeira viagem de avião no governo do Lula, assim como comprar seu primeiro carro 0km ou conseguir bancar os nossos estudos. Ignorar o passado, como se não existisse, é o segredo para a raiva se tornar ignorância. Michelle concorda com ele, mas não consegue falar nada porque a minha irmã é mais rápida.

"Eu também votarei nele de novo em 2022. Vê lá se vou deixar PT ladrão voltar ao governo. A nossa bandeira jamais será vermelha.", Tatiana dá uma gargalhada e olha para mim, como se quisesse me fazer morder a isca para iniciar outro massacre oral (e psicológico), que obviamente vou perder. Não tem como discutir o tempo inteiro com quem vive em uma realidade paralela.

"Apesar da condução desastrosa nessa pandemia do vírus chinês, se precisar escolher entre ele e o ladrão de nove dedos, é bom *já ir* se acostumando…", completa meu irmão.

Seria uma ilusão acreditar que mais de 619 mil mortes fossem o suficiente para romper a bolsa de bosta que está na cabeça da minha família. Seria uma ilusão acreditar que as declarações insensíveis, imorais e humilhantes fossem o suficiente para eles entenderem que erraram. Eles vivem a própria ilusão de que o bolsonarismo representa um momento histórico em que o país foi salvo da ameaça comunista, da ideologia de gênero que quer converter as criancinhas, dos artistas drogados que querem usar a Lei Rouanet para comprar mais drogas e gravar filmes com celular. É uma batalha perdida, sinceramente.

Eles acreditam no senso comum e qualquer coisa repetida diversas vezes se torna verdade. Sei que é repetitivo pensar isso, mas ainda me

**O almoço de Natal** 57

surpreendo no quanto somos diferentes e eles ficam só replicando tudo que escutam por aí. De onde será que veio tanta raiva, tanta burrice?

De todos os problemas aqui em casa, talvez o machismo seja o que nunca será de fato corrigido. O racismo e a homofobia precisam ficar guardados dentro de casa, já que fora é crime. Mesmo para quem se acha especial ou acima da lei.

Mais cedo o marido da Tatiana estava reclamando dela com o Talles. Ela tem uma amiga do cu riscado, que pegou Belo Horizonte inteira, talvez eu incluso, não nego nem confirmo, e, bem, o Bruno não gosta dela porque a considera uma "puta". A conversa foi mais ou menos assim:

"Tati tá de conversinha com aquela lá de novo… Tem que ficar esperta com quem conversa."

"Nada a ver, Bruno. A Luana está super de boa hoje em dia.", Tatiana tenta defender a amiga.

"Puta não regenera não, minha filha", foi a resposta que o Bruno deu e fez meu irmão rir alto.

Minha tia Violeta deu um grito indignado com um vídeo falso de um político mineiro acusando uma professora de levar crianças para uma exposição de arte para adultos. Tive que me posicionar para explicar que o vídeo era mentiroso, que isso não aconteceu, que basta acessar o Google para descobrir essas coisas, mas o que eles querem é ter motivo para reclamar. De preferência, se for um motivo falso e bem exagerado. Pior é quando começam a dizer que "opinião" não é crime, que "querem roubar minha liberdade de expressão". Sério. Às vezes eu tenho muita inveja do nível de derretimento intelectual de quem diz uma coisa dessas.

O principal trunfo de gente que se diz de direita (uma curiosidade que sempre me diverte é que aqui em casa, na teoria todos se dizem de direita; na prática são todos de esquerda), conservadora, babaca, bolsonarista, crente etc, é que a homofobia, o machismo e o racismo estão tão arraigados na nossa cultura que crescemos insistindo que dizer ou pensar determinadas coisas é somente "opinião", que é "frescura" de quem reclama, que o "politicamente correto tirou a graça de tudo".

A verdade é que se isso fez parte de nossas vidas o tempo inteiro, desde que a gente se entende por gente, não pode estar errado, né? Não faz sentido pensar ou acreditar que você sempre esteve do lado errado, que sua "opinião" machucou muita gente.

**58** Tullio Dias

A maioria de nós se apega ao passado para se autovalidar. São raros aqueles que prestam atenção, decidem mudar, fazer a diferença a partir do seu micro universo. Maria briga comigo quando eu digo essas coisas, mas nós estamos lutando uma guerra que já acabou. Nós perdemos. É uma causa perdida. As pessoas abraçam aquilo que acreditam porque é reconfortante, e quando alguém ousa apontar os problemas que existem nessa fé, a reação natural é de autodefesa. Mudar significa sofrer. É mais fácil ignorar seus próprios privilégios de quem nunca vai saber o que é ser preto e reclamar. Por isso se revoltam contra quem luta por mudanças que tentam diminuir o risco de alguém levar tiro de policial só porque é preto, de apanhar na rua só porque é gay, de ser estuprada só porque é mulher.

Essas mudanças de comportamento e pensamento dependem da paciência, estudos, e, principalmente, da empatia. Aceitar que ter nascido numa família boa, ter tido acesso à educação de qualidade, não é sinônimo de ficar livre de preconceitos. E que não é desrespeito algum pensar diferente de nossos pais e avós. Não dá para perpetuar o que causa mal. Até Jesus concordaria mais comigo do que com esses arrombados que só defendem o que é bom para eles e deturpam a história. Porra. Tentaram até vender a ideia de que o nazismo foi movimento de esquerda.

Se tivessem oportunidade, eles mudariam toda a parte que Jesus andava com leprosos, pobres, negros e putas. Ou seja, o que hoje são as minorias. Será que eles conseguem se perguntar no quanto quem mandou matar Jesus é diferente de quem eles ajudaram a eleger? Duvido.

CAPÍTULO 14.
# O AMIGO OCULTO

Uma das principais razões que tenho para desgostar da ideia de participar de um Amigo Oculto são as lembranças da época de escola. Era sempre muito comum ter a sorte de sair com quem tinha os pais mais esquecidos do mundo ou então ganhar presentes ruins. Meias, por exemplo. Quem dá meia para uma criança, meu Deus?

Os anos se passaram e tenho certeza de que o risco de ganhar meias ficou para trás. Pelo menos é o que eu espero. Eu comprei o presente que estava na lista e espero que me comprem exatamente o que pedi. E olha que deixei várias sugestões. Pedi livros. Na minha lista tinha Stephen King, Irvine Welsh, Daniel Galera, Santiago Nazarian. Alguns custavam até menos que o limite estabelecido de R$ 30. Sim. R$ 30. E já causou reclamação. Classe média é o caralho. A gente é classe baixa mesmo e apoia um governo arrombado.

Já a pessoa que eu tirei, no caso a tia Vilma, resolveu dificultar a minha vida. Além de não ter deixado nenhuma sugestão, disse que queria ganhar qualquer coisa desde que viesse com uma cartinha. Não sou libriano. Não tenho problema ou dificuldade para tomar decisões, mas precisava dificultar assim?

Optei por comprar um livro para ela também. Aprendi desde cedo que se vou ter dificuldades comprando roupas (eu não tenho bom gosto e provavelmente compraria as peças mais feias da loja) ou qualquer outra coisa doméstica, o ideal é me poupar o estresse e escolher logo comprar um livro. O único estresse que quero ter é escolhendo o livro e procurando pelos preços mais baixos usando cupons e/ou links de exemplares usados. A crise bateu. Qual o motivo de pagar R$ 50 se posso pagar R$ 10? Tinha pesadelos com a matéria de economia na faculdade de publicidade, mas aprendi a valorizar mais o meu dinheiro. Além de quê, ninguém disse que o presente não podia ser usado… Ninguém precisa saber.

Nunca fui muito próximo da tia Vilma. Nosso contato era quando ela conseguia aparecer para visitar meus avós ou durante os almoços de domingo. Mas ela sempre ficava pouco tempo. Hoje eu acho que pode ser vergonha de ser casada com um pudim de cachaça como o Gilberto. Não vou saber os motivos, mas nem importa. Assim como o restante da família, ela nunca quis saber muito da minha vida. E eu também nunca tive curiosidade em saber o que ela faz. Sei pelo menos que ela tem dinheiro o suficiente para ter me comprado os livros que pedi, caso tenha me tirado no Amigo Oculto.

Sobre a tia Violeta tenho ainda menos contato. Grande parte disso por causa do idiota do Renato. Já é difícil lidar e suportar as merdas que o Talles diz, mas o Renato fala tanta merda que deixa o próprio cu com inveja da boca. Não dá. Ele é aquele tipo de agente de segurança que se acha especial somente por ter porte de armas. Ele é aquele tipo de policial que cruza os braços, se inclina na frente da pessoa e usa um tom de voz passivo-agressivo quando discute. Desconfio que ele já tenha batido na Violeta e no próprio filho. Ele é um cuzão. Sei que Violeta se formou em relações públicas, estudou gastronomia, mas optou por cuidar da casa e do Vitor, e ser dependente do arrombado do Renato.

A única tia realmente próxima é a Verônica, mãe da Vanessa, mas por algum motivo não está aqui hoje. Aposto que brigou com a minha mãe. Ou com a Vilma. Ou com a Violeta. Ou com todo mundo. Vai saber. Somos um pouco parecidos e talvez por isso ela seja a única que realmente sempre deu um jeitinho de se fazer presente. Ela trabalha como professora numa escola particular para crianças. Na última vez que conversamos, ela disse o quanto estava ansiosa e feliz de virar avó. Pelas redes sociais já vejo o quanto será uma tremenda vovó coruja do pequeno Ravi.

Enquanto sinto o gosto da cerveja descendo pela minha garganta, deixo a cabeça cair para o lado e me lembro de quando abandonei a loucura e o caos de morar com meus pais. Memória é uma coisa mágica, mas traiçoeira. Pensamos nas festas e brincadeiras, nas coisas boas em geral, e ficamos tentando entender o que poderia ter sido feito para as coisas serem diferentes hoje em dia. Quando você precisa fugir de uma família disfuncional, isso nunca vai embora realmente. É como se você voltasse a ser uma criança a cada vez que se vê em um novo conflito. E agora não tenho mais como fugir para a casa dos meus avós.

Me esforço para não chorar assim de repente. Poderia culpar o excesso de cerveja. A Maria acreditaria e até iria me chamar de fracote. Então, escuto a Vanessa reclamando alto com minha mãe e irmã sobre o quanto o shopping estava cheio. Óbvio que ela deixou para fazer as compras do Amigo Oculto na última hora. Óbvio que ela deixou para ir ao shopping na véspera do Natal para ficar perto daquela quantidade imensa de pessoas. E grávida, ainda por cima. Decido perguntar:

**O almoço de Natal** 61

"Qual é a porra do seu problema? Por que não comprou pela internet? Além de mais seguro, você ainda economiza."

"Mas o presente não ia chegar a tempo, Thi" – ela responde. – "Além disso, já tomei as duas doses da vacina e estou protegida contra o coronavírus."

"É verdade. Eu comprei pela internet e o presente não chegou ainda. Tive que comprar outra coisa ontem.", compartilha a tia Violeta.

Penso no nível de comprometimento da tia Violeta com o Amigo Oculto. Nem a pau que eu compraria um presente duas vezes somente porque o prazo de entrega atrasou. Sei que ficaria frustrado se isso acontecesse comigo, mas poxa, se fiz um pedido com dias de antecedência e não chegou, não seria culpa minha. Meu amigo oculto que espere, oras.

Vejo a minha mãe ativando a Alexa e iniciando uma *playlist* daquelas que surdos descobrem que são felizes e não sabiam. Mas eu não sou surdo. Eu não sou feliz. E eu sei disso tudo. Quando escuto as batidas de uma bateria de sucata e um teclado safado, já começo a suar de ódio. Essa música toca em média dez vezes cada vez que a minha família se reúne. Um tal de esquema-preferido. Festa no colchão. Que porra de letra desgraçada.

Minha mãe grita para quem quiser ouvir que o Talles está preparando drinks. Olha para a Maria e pergunta se ela quer alguma coisa. Aperto o joelho de Maria e a aconselho a nunca aceitar Mojitos do meu irmão. *Nunca*. Ela pergunta se os drinks são tão ruins assim. "Digamos que meu irmão tem um talento ímpar para derrubar as pessoas com seus drinks.", explico.

Me levanto para ir ao banheiro porque nenhum humano é capaz de armazenar tanta cerveja dentro do próprio corpo durante tanto tempo. Me parece loucura beber muito para simplesmente mijar todo seu dinheiro depois, mas quem disse que somos normais?

Após sentir aquele alívio único de quem acabou de se esvaziar, e lavar as mãos porque a higiene está mais em moda do que nunca, dou de cara com a Michelle. Ela dá um sorriso, ajeita o cabelo para o lado e pergunta quanto custaria para ajudá-la a divulgar suas redes sociais. "Mas quero um trabalho muito melhor do que esse feito para a sua noivinha", diz. Noto um certo desdém ao se referir à Maria.

Michelle conta sobre a academia que improvisou na sua casa e me convida para ir conhecer os equipamentos. "Vou te deixar suadinho enquanto te ajudo a perder essa barriguinha, que a propósito, eu até acho sexy, mas nem se compara com o tanto que você pode ficar mais gostoso sem ela.

Pensa nisso…", Michelle fala antes de fechar a porta do banheiro e me deixar sem entender porra nenhuma do que acabou de acontecer.

Volto para a sala chateado porque não posso compartilhar isso com ninguém. Não quero ser o responsável por fazer Maria perder o seu réu primário assim. E prefiro nem imaginar a reação do meu pai. Consigo imaginar o Talles rindo, chamando ela de puta e mandando eu "sentar a vara". Chego bem a tempo de ouvir a minha mãe iniciando o Amigo Oculto com um discurso cheio de blá blá blá e escolhendo a esposa do meu irmão para começar.

CAPÍTULO 15.
# DA LAMA AO CAOS

Vejo o Amigo Oculto como o ápice da hipocrisia e bajulação falsa. Afinal, a maioria dessas pessoas está sempre vivendo em conflito. Eles não se suportam, mas vivem esse espírito natalino de forma tão intensa que me pergunto se conseguem mesmo se perdoar e esquecer as brigas que até semanas atrás colocaram todas as irmãs contra a minha mãe. Eu não entendo como eles conseguem lidar com isso tão bem, relevando as ofensas todas.

A Adriana ainda parecia irritada, mas até agora disfarçou muito bem toda a raiva que ficou por causa da visita da amante do Talles. Convidou todos para se reunirem e falou: "O meu Amigo Oculto é mais que um amigo... Ele é um parceiro para a vida, o homem da minha vida e pai do meu filho. O que Jesus uniu, nada vai separar... E eu acabei indo um pouco além do valor combinado no nosso Amigo Oculto. Então, aqui está, Talles. Seu presente de Natal, Amigo Oculto, Aniversário, Natal do ano que vem, de todos os próximos, para toda a vida."

Adriana não sabe brincar de Amigo Oculto, aparentemente.

Talles anda lentamente até a esposa. São os passos de quem tem a consciência tranquila e trata os acontecimentos de horas atrás como uma ilusão ou uma história que aconteceu com outra pessoa. Ou um episódio muito inspirado de Casos de Família. Precisa ter sangue-frio para fazer o que ele faz, mas, vou te dizer que estou impressionado com o nível da atuação.

Ao abrir o embrulho, Talles solta um palavrão. Adriana não mentiu quando disse que era um presente válido para todas as próximas datas comemorativas. Dentro do embrulho, havia uma caixinha com um teste de gravidez positivo e uma cartinha escrita "parabéns, papai". Meu irmão abraça a sua esposa e está realmente surpreso. Bem, acho que todos estamos. Nunca vi ninguém anunciar gravidez como presente de Amigo Oculto. Que ideia errada. Sei que evangélicos são contraditórios e ansiosos (aquele papo todo de "escolhi esperar, mas completa 18 anos já arruma casamento" nunca me enganou), mas isso é demais para a minha cabeça. A amante dele tenta participar do almoço de Natal e no mesmo dia a esposa anuncia sua gravidez. A vida real é mais inacreditável que a ficção.

Talles fica atordoado e até procura o sofá para sentar. Nesse momento, toda a família está ali cercando ele e ela. Olho para a Maria e fico pensando no quanto a notícia do nosso noivado perdeu a atenção rápido. Ela parece pensar a mesma coisa, mas não fala nada. Está lá parabenizando e abraçando meu irmão e minha cunhada. Eu me contento em erguer a minha *long neck* e fazer um brinde invisível. Típico, sabe? O casamento está uma bosta, mas vamos lá ter outro filho porque é isso que precisamos para salvar nossa relação.

"Meu amigo oculto não precisa se preocupar. Não vai ganhar um filho de presente. Sinto muito.", Talles brinca e faz as pessoas rirem maravilhadas do seu senso de humor. "O que esse cara aguenta todo dia, não é fácil. Ele precisa lidar diariamente com o capeta em forma de gente. Não é fácil. Tenho um pouco de pena dele.", continua.

Eu aposto que ele está falando do marido da minha irmã, mas não quero adivinhar antes de ninguém e dar a impressão de que estou me divertindo. Não estou. O Bruno é legal. Tudo bem que fora torcer pelo mesmo time, a gente não tem absolutamente nada em comum. Ele trabalha fazendo manutenção em equipamentos de fogão elétrico na empresa do meu pai. Aliás, meu pai fica puto porque ele é o único que abraçou a causa e entrou no negócio da família. Quer dizer, um dos negócios da família, pelo menos...

"É o Bruno", identifica Tatiana. O diabo sabe reconhecer quando estão falando dele, afinal. Talles dá uma risada debochada e pergunta como ela havia adivinhado tão rápido, mas assim que entrega o presente para o Bruno, já volta logo para o seu canto no sofá, desolado com a novidade inesperada.

"Essa pessoa cuida de todo mundo da família. Ela é brava, mas tem um coração imenso. Ela tem uma coisa com o pé também, tá ligado? Ela olha pro seu pé e se ele for feio, ela não vai com a sua cara, não vai gostar de você por nada. Eu me ferrei porque meu pé é feio pra cacete.", Bruno gosta de brincar com fogo e entendeu perfeitamente o clima familiar. Sei que está falando da minha mãe. Todo mundo sabe disso também.

"Mas o seu pé não é tão desgraçado assim, Bruno", minha mãe tenta disfarçar, mas é a verdade verdadeira dita ali na frente de todo mundo. Não tem muito como ignorar isso. Só resta fazer piada. Gostei da ousadia, Bruno. Tenho certeza de que se ele fosse branco e tivesse dinheiro, meu pai o adotaria como um filho.

**O almoço de Natal** 65

Minha mãe agradece o presente, um kit de banho com essência de lavanda, e começa a apresentar as pistas do seu Amigo Oculto. "Ela está maior do que nunca…" mas antes de conseguir continuar, a própria Vanessa dá um grito dizendo que era ela.

Antes de começar a dar pistas sobre quem tirou no Amigo Oculto, Vanessa reclama das dores que está sentindo. Reclama das costas. Reclama da barriga. Reclama da criança que nem nasceu e já está dando muito trabalho. A barriga dela está imensa e me pergunto como é possível um bebê morar ali dentro sem devorar a própria mãe. Também começo a pensar no quanto deve ser incômodo fazer sexo. Será que existe o risco de cutucar a cabeça do bebê com o pau? Quando paro de pensar, Vanessa já está dando as suas dicas. Ela nem precisa terminar para que eu saiba de quem ela está falando.

"Durante muitos anos ouvi que seria a primeira neta a ter filhos nessa família. Vocês erraram, né? Essa pessoa que eu tirei também ouvia que teria filhos antes de todo mundo, mas olha só… Essa pessoa ainda não tem filhos. Ainda, né?"

Todo mundo adivinhou depois dessa dica. Tanto eu quanto a Vanessa vivemos um despertar sexual muito intenso. Ela transava com vários caras diferentes, fez até orgia na Academia. E eu me dava bem com qualquer garota que perguntasse o meu nome. Às vezes, para algumas, eu até perguntei o nome de volta enquanto a gente se vestia. Vanessa me deu mais do que pedi na lista. Além de uma edição especial de Carrie, do Stephen King, ela também incluiu o romance mais recente de Raphael Montes, A Mulher no Escuro. Fiquei feliz com a surpresa.

Me levanto para apresentar meu Amigo Oculto. Falo um monte de clichê e besteiras que são esperadas nesse momento. Minha mãe logo adivinha quem tirei e fica por isso. Talvez a cara de desprezo da minha tia tenha denunciado a frustração em ganhar um livro de presente. Considere isso uma vingança por todas as meias que você me deu, tia.

O jogo continua. A Vilma tirou a Tatiana. A Tatiana tirou o Renato, que quando foi apresentar o seu Amigo Oculto fez logo uma piada homofóbica que era na verdade uma provocação. Se alguém entendesse, estaria automaticamente concordando com o que ele diz. O próprio Pedro, com muito ódio, se denunciou e iniciou um leve barraco ao dizer que na hora de chamar ele para sair pelo Grindr, o Renato não era tão machão assim.

Leve barraco talvez não seja a forma mais certeira de descrever o que aconteceu. Depois de alguns segundos para processar o que todo mundo havia acabado de escutar, Renato ficou transtornado de ódio. Começou a gritar e querer agredir o Pedro, chegou até a pegar na própria arma. Precisou ser segurado pelo meu pai e o Talles. Eu fui para perto do Pedro para tirar ele de perto e sem perceber eu já estava segurando a minha *long neck* de cabeça para baixo. A melhor defesa é quebrar uma *long neck* na cabeça de cuzão. Maria percebeu e me olhou sem entender nada.

Eu fiquei um pouco surpreso com a atitude do Pedro. Com a denúncia, nem tanto. Todo homofóbico esconde o desejo de dar o cu para um novinho. Ou comer o cu de um novinho. Porém, eu fui a exceção. Embora algumas pessoas ainda estejam com cara de quem quer rir, a maioria ficou um tanto indignada. Tia Violeta, especialmente. Ninguém gosta de ouvir que o marido machão joga nos dois times. Especialmente ouvir isso no Natal. Ao lado da família toda.

Tia Vilma estava com os olhos arregalados sem acreditar no que estava acontecendo. Ficou perto de mim, Maria e do próprio filho, sem ter reação alguma enquanto Gilberto pedia calma com a voz exalando cheiro de cerveja, vinho e cachaça.

Apesar da insistência da minha mãe em passar panos quentes e praticar o bom e velho "deixa disso", Violeta entregou o presente do Amigo Oculto para o Jesse e fez questão de ir embora rapidamente seguindo o marido, que ainda estava berrando. Vitor e Julia, já um pouco altinhos após todo o vinho e cerveja, também precisaram se arrumar para deixar a festa.

Aproveitando o clima caótico, meu pai deixou o seu presente com a Maria e saiu de fininho para levar Michelle até a festa da sua família. Não se despediu de ninguém porque não tem esse hábito e porque pretendia voltar rapidamente. Conhecer os pais da namorada e passar pelo desconforto de notar que é mais velho que eles não era bem a ideia de confraternização que meu pai gostava. Michelle tenta se despedir, mas é ignorada pela maioria das pessoas. Meu irmão, especialmente, mas por motivos bem diferentes da minha irmã e mãe, por exemplo.

Enquanto minha mãe e irmã acompanham Violeta, Renato, Julia e Vitor até a rua ( ainda tentando fazer o casal mudar de ideia), vejo meu pai entrando no seu Audi TT vermelho e saindo veloz. No calor do momento e toda aquela confusão, Vitor vomita no pé de Julia, que por sua vez acaba vomitando de volta no próprio namorado. Nem assim

Renato e Violeta mudam de ideia. Entram todos no carro, com o casal vomitado passando mal no banco de trás, e partem cantando pneu.

Talles aproveitou a interrupção na troca de presentes para dividir mais uma atualização no caso do assassino do *delivery*. Segundo os grupos de *WhatsApp* da polícia, ele diz que a situação começou a ficar mais tensa. "Um pessoal começou a se juntar e perseguir os motoqueiros que fazem as entregas. São vários relatos, não dá para saber se todos são verdadeiros, mas pelo menos um ficou em estado grave e precisou ir para o hospital João XXIII."

Justiça pelas próprias mãos nunca foi algo que funcionou muito bem. Saber que existem pessoas inocentes indo parar no Hospital é preocupante porque mostra toda a incompetência da polícia e desconfiança das pessoas cansadas de tanta impunidade. A lógica é que se bandido não é preso, justiceiro também não será.

"Não vai demorar para eles pegarem o assassino. Não tem que prender mesmo não, tem é que matar", escuto Jesse dizendo para meu irmão, mas ninguém parece mais interessado em ouvir sobre isso do que sobre a briga entre Pedro e Renato. A minha tia avó é a primeira pessoa a falar. "Que porra do caralho foi essa que aconteceu? Não entendi foi nada!".

Tatiana e minha mãe respondem dizendo a mesma coisa. "O que é esse tal de *Grainder* que o Pedro falou?", minha mãe me pergunta. Fora eu, a Maria, e o próprio Pedro, acho que só o Renato entendeu o que significa. "O Renato sabe o que é…", respondi e dei uma risadinha.

"É um aplicativo tipo o Tinder, de encontros e tal.", respondeu Maria.

"Uai… e porque o Renato deu esse ataque de perereca então?", minha mãe perguntou.

Maria ficou constrangida demais para responder, por isso eu precisei dizer que era um aplicativo de encontros para gays. "Exclusivamente para gays, mãe."

Surpresa, minha mãe fez uma cara engraçada e soltou um "eita". Jesse na mesma hora começou a tentar disfarçar e inventar motivos aleatórios para explicar a situação. Para todos os homens, seria constrangedor descobrir que um deles gostava de comer cu de novinho. "O Renato ficou nervoso porque o Pedro disse que recebeu convite para sair, como se tivesse alguma maldade ali.", disse Jesse.

Talles concordou, embora também estivesse com uma cara desconfiada. Jesse ensaiou continuar a sua defesa, mas a minha mãe pediu para ele parar. É incrível como o macho hétero velho arruma desculpas para qualquer coisa para defender outro. São as famosas "amigas". São as famosas "prostitutas terapeutas", que atendem os clientes no motel para conversar. São as famosas "ligações do Itaú" de madrugada. Mas agora em outro nível. Agora é para simplesmente "defender a honra" de um cara que nem amigo é.

Minha mãe sugeriu continuar o Amigo Oculto, mas ninguém estava muito no clima. O que aconteceu foi que todo mundo que continuou na festa fez a troca de presentes sem falar muita coisa. Ficou uma coisa de dar um abraço, desejar felicidades e pronto. Minha tia-avó, ainda resmungando sobre o quanto a briga tinha sido um absurdo e que o Renato era uma pessoa incrível, como um filho para ela, foi a única que ficou sem presente. Maria precisou dar o presente da Violeta para ela.

Levei o Pedro para conversar longe do resto das pessoas. Ele ainda estava tremendo e sentindo muita raiva. Começou a desabafar sem parar. "É foda, cara... O sujeito fica pagando de macho, de alfa, de fodão, mas fica me mandando mensagem para a gente sair. Ridículo, cara. E toda hora me provocando, me humilhando e falando essas merdas. Não deu para aguentar, cara. Fiquei muito puto mesmo."

Eu digo que está tudo bem. Falo que também não ia com a cara do Renato. Agora menos ainda. Tive a maior curiosidade do mundo em perguntar se Pedro alguma vez topou sair com o Renato, mas preferi me controlar.

Pedro fez uma imitação debochada de Renato: "Não me chame de veado. Mesmo se eu estiver ajoelhado com um pau cutucando meu cérebro pela boca. Mesmo se eu estiver sendo currado num banheiro escuro. Não me chame de veado."

"O pior tipo de bicha é o que fica dentro do armário. Faz ideia de quantos caras esse arrombado não pegou por aí... sem camisinha. Coitada da minha tia. Ficar se colocando em risco por causa de um escroto desses.", Pedro continuou. "Estou num ódio que você nem imagina, Thiago."

A tia Vilma chegou na porta do quarto e falou que já era hora de ir embora. Ela não estava nada feliz. Não saberia dizer se está mais chateada com o próprio filho ou com a reação da irmã, mas esse problema eu não iria conseguir lidar e resolver. Falei com Pedro que ele podia contar comigo, se quisesse conversar mais depois. Nos abraçamos, abracei a minha tia e fiquei só com a Maria no quarto.

CAPÍTULO 16.
# INTERVALO ANTES DO CAOS
# (COMO EU QUERO)

Com o encontro chegando ao fim e todo mundo feliz e satisfeito com seus presentes, é a hora de cada um seguir o seu rumo e partir para casa ou outras comemorações.

Todo excesso de conversa, abraços e bebidas me deixou um pouco cansado. E com tesão. Não tem nada melhor que descansar transando um pouquinho. Ainda mais quando é sexo de reconciliação. Seria o melhor presente de Natal. Eu realmente pretendia deixar Maria sem sexo hoje, mas mudei de ideia. Cochicho no ouvido da Maria e pergunto se ela não quer me dar um "presentinho" ali no quarto.

Sem pensar duas vezes e sem que eu precise insistir, ela dá um sorriso e topa a ideia imediatamente. "Eu tenho mesmo um presente extra para você.", ela diz.

Bêbado demais para resistir à tentação de provocar, pergunto se o presente é o cu aberto dela. Fazer piada com o motivo da briga na noite anterior é um movimento ousado e extremamente arriscado. Não tenho certeza se foi uma boa ideia. Maria me olha sem acreditar no que ouviu, mas logo me chama de picareta e começa a rir. A gente logo se levanta e vai até o meu quarto, se certificando de trancar a porta para não correr riscos da Valentina, do Enzo ou do Ruan invadirem o quarto e se depararem com uma imagem que nunca conseguirão esquecer.

Encostados na parede, beijo o pescoço dela enquanto abro a calça para puxar meu pau para fora. Na sequência, ela já tira a calcinha por baixo do vestido, encosta o rosto na parede e me espera. Estou tão excitado que preciso respirar fundo para não terminar antes de começar, mas logo sinto o quanto ela está molhada, quente e faminta. Aos pouquinhos estou totalmente dentro dela e começamos a gemer de prazer, baixinho, sem fazer barulho. Seguro na sua cintura enquanto beijo seu pescoço e me delicio ouvindo o barulhinho da excitação dela me molhando inteiro. Não demora muito até que eu comece a gozar. Aliviados depois de uma rapidinha, sugiro que ela fique sem calcinha e sinta minha gozada escorrendo pela sua perna. Maria não acha uma boa ideia, por isso vai até o banheiro para se limpar antes de voltarmos para ficar com o pessoal.

"Gordo ou não, esse cara ainda dá conta do recado", penso orgulhoso.

CAPÍTULO 17.
# NÚCLEO BASE

Não vi o restante das pessoas indo embora (ninguém faz questão de ter a educação de se despedir) e também não sabia exatamente que horas meu pai voltou. Mas agora eram somente eu, Maria, minha mãe, Jesse (ainda tentando defender Renato), meu pai, Talles e Tatiana em casa. As crianças foram embora para festas com as outras metades da família.

Tenho a impressão de que teremos mais emoções no decorrer da noite. Talvez fosse melhor dar um jeito de fazer a Maria cair fora porque desconfio que a cereja do bolo de Natal ainda não está na mesa. Ver minha família reunida assim, discutindo baixinho para o Jesse não ouvir, ou simplesmente em silêncio, significa apenas uma coisa: eles vão aprontar. Lembro da conversa que ouvi mais cedo e começo a conectar as informações.

Interrompendo o silêncio raro, meu irmão pede pelos acessos às redes de Wi-Fi da casa porque ligou um aparelho novo, que tinha guardado na mochila. Era um iPhone, que é exibido como se fosse um troféu para representar a sua superioridade. O que não entendo em usuários de iPhone é como podem preferir pagar caro em um aparelho celular e seguem usando Windows em casa. É uma ostentação burra. Com o perdão da redundância.

Minha mãe responde dizendo para procurar a rede RES 244. Eu penso em interromper e corrigir, afinal o técnico da Claro finalmente veio trocar o nosso modem na semana passada após meses de enrolação e nós alteramos o nome da rede. Foram várias visitas cheias de informações desencontradas. Primeiro um funcionário dizia que não adiantaria trocar o modem sem trocar os cabos; depois outro funcionário queria trocar o modem mesmo admitindo que a velocidade continuaria a mesma. Quando eu perguntei pra quê trocar, ele não soube responder e acabou indo embora; tivemos também o cara que escalou o telhado, levou um choque e quebrou várias telhas. Disse que voltaria e estamos esperando o seu retorno até agora.

"Mãe, não tem essa rede RES 244. Será que é essa 'Brienne' aqui?", ele pergunta. Eu bebo mais um pouquinho de cerveja e começo a apertar o meu joelho esperando pelo desfecho da conversa ou o momento em que vão precisar me incluir. Eu não estava preparado para o rumo insólito que a conversa tomaria.

**O almoço de Natal** 71

Meu pai também estava tentando se conectar e chamou de idiota o dono da rede Wi-Fi 'Bozo PP'. Maria me olhou de relance e abaixou a cabeça. Provavelmente com medo de eu dar alguma gargalhada debochada. No começo do ano fiz a configuração de uma rede na parte de baixo da casa e coloquei esse nome para sacanear. Acabou que a rede nunca funcionou direito (provavelmente maldição pelo nome) e ninguém nunca reclamou. Tinha até me esquecido. Até aquele momento.

"Thiago, que palhaçada é essa de Brienne aqui? Cadê a rede da casa? Você mudou a senha?", minha mãe já perguntou aos berros e me fuzilando com o olhar. Pensei em argumentar culpando o técnico da Claro ('Você tá se expondo colocando o número da sua casa… Coloca o nome do seu cachorro'), mas algo me dizia que ela não iria me ouvir. "Você muda essa rede aqui agora porque não é você quem paga essa merda. Seu idiota.".

Minha mão estava suando e apertando o joelho com mais força. Continuei bebendo o resto da cerveja e respondi forçando uma tranquilidade inexistente enquanto caminhava para dar uma mijada. "A senha é a mesma." Meu irmão já tinha conseguido se conectar, mas o sinal estava muito baixo para que ele conseguisse usar a internet. Foi então que a situação azedou de vez e fingi que não estava ouvindo enquanto ela me chamava.

"Usa a rede aqui de baixo mesmo. O sinal não chega aqui, Talles. Qual é mesmo o nome da outra rede… Thiago! Qual é o nome da rede que fica aqui na área? Ô desgraça de menino filho da puta. Aqui, oh, o repetidor está aqui. Vou tirar da tomada e a gente descobre qual é a rede.", ela disse.

Me apressei para voltar a tempo de observar as reações da família ao perceberem qual rede Wi-Fi havia desaparecido. Isso será divertido. Meu pai foi o primeiro a notar. "Uai, a rede dos seus vizinhos comunistas sumiu. Não tá aparecendo mais."

Minha mãe já estava nervosa com a questão da rede ter sido renomeada de Brienne, mas agora ela parecia transtornada me olhando de longe. Esperando para ter certeza. "Filho da puta.", foi o que ela gritou quando o Bozo PP reapareceu.

Ops.

"Você acha que eu sou palhaça? Você me respeita. Já cansei de te falar para não fazer esse tipo de graça. Eu não gosto disso. Você vai para Cuba ou para a Venezuela defender comunista e ser petista lá. Vai ser eleitor de Lula na puta que te pariu. Ladrão desgraçado de nove dedos. Tem que ser preso."

Jesse toma um susto com os gritos e acaba caindo da cadeira, derrubando alguns copos e pratos. Minha mãe direcionou a sua raiva toda para ele, que parecia em algum lugar feliz demais para se preocupar ou entender qualquer coisa.

A breve interrupção representou um alívio falso, como quando você pisa num buraco no meio do mar e quando tenta escapar, leva um susto com a onda que tenta te afogar – praticamente como se fosse uma oferenda humana relutante para Iemanjá. O mar quer te levar, mas você mudou de ideia. Quando volto a ser o centro das atenções e das ofensas, me desligo para não ouvir nada.

Olho para a minha *long neck* quase vazia e fico admirando as cores da garrafa. Por mais que prefira Bud, o verde vivo da Heineken tem um efeito visual mais atraente. Além de ter gosto de juventude irresponsável. Lembro dos shows que fui quando não existia risco de você ser contaminado pela COVID-19. Me arrependo de nunca ter beijado tantas desconhecidas nesses shows. Tô velho e fico somente com a lembrança de beber e curtir a música. Mas não tinha nenhuma mulher envolvida. Isso é um atestado de fracasso. Quase nunca pelo menos. Teve uma vez que eu carreguei uma baixinha suada no meu ombro e ela me beijou como retribuição. Parecia coisa de cinema, mas era real. Só faltou ter mostrado os seios para a banda também. Tinha sido, até aquele momento, o melhor beijo da minha vida. Tantas oportunidades que eu perdi para substituir essa lembrança. A final da Libertadores em 2013. Eu estava próximo de uma Branca de Neve, que sorria para mim, mas o máximo que aconteceu foi um abraço durante a comemoração. Nunca soube nem o nome dela. Não tive coragem de pedir o telefone. Ou tive? Acho que pedi sim, mas ela me deu um número errado. Fracassado do caralho. Agora ainda por cima sou gordo.

Quando minha mãe para de falar e tenta recuperar o fôlego, olho para a Maria e me sinto envergonhado dela ter presenciado esse tipo de humilhação. Foram tantas ao longo da vida, que aprendi a fingir que não ouvir até esquecer que era só para fingir, mas me dou conta que para ela deve ter sido realmente pesado. Maria é uma mulher com sonhos e planos concretos, e não vai lidar com alguém como eu por muito mais tempo. Novos pensamentos começam a se formar aqui na minha cabeça, mas tudo que eu consigo fazer é cochichar no seu ouvido para dizer que está tudo bem. "Não se preocupe. É assim mesmo", tento convencê-la sem me esforçar para acreditar no que digo. "Vai ficar tudo bem." E pego na sua mão e subo cabisbaixo para o eterno exílio no meu quarto, aquele que nunca vou conseguir escapar.

**O almoço de Natal** 73

CAPÍTULO 18.
# NÃO VÁ SE PERDER POR AÍ

O Natal é sempre o dia em que descobrimos conseguir comer muito mais do que imaginamos. Eu ainda estou com fome o suficiente para jantar. Penso em pedir uma pizza. Penso em pedir um sanduíche. Penso em pedir comida japonesa. Penso em pedir tanta coisa que fico sem saber o que pedir.

Maria diz que não está com fome e pergunta se eu realmente quero comer mais.

Esse é o jeito dela de dizer que estou fora de forma, que eu estou gordo. Acontece que esse tipo de tentativa babaca só aumenta mais a minha fome ou vontade de comer (e não são exatamente a mesma coisa). Podia ser gula, mas agora é fome de raiva mesmo. Vou pedir a porra de um Burger King gigante e encher de ketchup e mostarda, colocar as batatas fritas dentro do burger e devorar em quatro mordidas.

Além disso, qualquer motivo é bom o suficiente para que eu saia de perto da minha família. Já tive contato demais por um dia. Não quero repetir por no mínimo mais um ano. Até lá, inclusive, se depender da minha dieta, terei transformado meu coração hipertenso em um grande problema irreversível. Imagino que mais alguns sanduíches e consigo causar uma explosão interna.

Faço o meu pedido e no instante que recebo a mensagem de confirmação pelo aplicativo, o interfone toca mais uma vez. Antes de sequer conseguir elogiar o quanto a qualidade do serviço dos aplicativos melhorou nesse Natal, vejo pelo monitor de segurança a família de uma velhota de chapéu rosa parada na frente da casa.

A minha mãe chega para atender as visitas e sugere que talvez eu queira levar a Maria para sair da casa e passear. Uma sugestão bem O Poderoso Chefão. Não é bem algo que eu possa recusar já que agora imagino o motivo de uma visita surpresa a essa hora. De fato, agora não só quero cair fora daqui quanto preciso tirar a Maria o quanto antes.

"Mas e o Jesse?", eu pergunto.

"Seu irmão já preparou um Mojito para ele. Vai apagar de vez daqui a pouco. Mas ele já está quase desmaiado depois do tombo", ela responde. "Quer que o Talles faça um Mojito para a Maria também?"

"De jeito nenhum. Que porra de ideia idiota é essa? Tá de sacanagem?", brigo com ela.

"Bom, sugiro que você saia de casa então. Rápido.", ela ameaça e logo vai receber as visitas. Ou cerejas do bolo. Começo a sentir meus olhos pulsando e as mãos suando. Sinto uma leve tontura e sei que não é só por causa da cerveja. Volto para o meu quarto e Maria logo pergunta se a minha comida já tinha chegado.

Levando em conta a pequena insinuação de ameaça recém recebida, é importante tirar a Maria da casa. Imediatamente. Falo com Maria que quero sair. Ela diz que não está a fim e me lembra que fiz um pedido no iFood. "Você não pode sair agora, Thiago.", ela diz.

"Você não quer ir para a casa dos seus pais?", pergunto.

"Você está me expulsando?", ela retruca.

"Não... é só que eu quero ficar sozinho.", digo.

"Ah, não esquenta comigo. Bebi muito. Quero só tomar um banho e dormir...", ela para de falar quando escuta as vozes das pessoas na casa. "Uai... Chegou mais gente? Quem chegou?"

"Não é ninguém... São amigos do trabalho da minha mãe.", tento disfarçar.

Me sinto sufocado sem saber exatamente o que dizer para a Maria ir embora.

A verdade seria um bom caminho, mas também seria justamente o motivo que ela poderia decidir ficar e aumentar o problema. Então tenho uma outra ideia.

"A Vanessa entrou em trabalho de parto. Parece que aquelas dores eram mesmo um sinal de que a encomenda estava para chegar. Vai todo mundo para o hospital agora...", invento.

"Nossa! Sério??? Que demais!!! Eu sabia que aquela barriga era de quem estava para ter o neném a qualquer momento!", Maria vibra.

"Pois é, né? Então, tenho que arrumar, esperar o hambúrguer chegar e ir para o hospital."

Na minha cabeça é um motivo perfeito para a Maria sair de casa e evitar saber mais do que precisa sobre a minha família. Todo mundo sai ganhando. Já era uma vitória ela ter preferido não falar sobre tudo que a minha mãe falou pra mim minutos atrás. E no fim das contas, vai que

**O almoço de Natal** 75

a Vanessa realmente ganhe o neném nas próximas horas? Seria como acertar os seis números da Mega Sena. Só que a Maria não é burra.

"Mas como assim vai todo mundo para o hospital? E como assim *você* vai também?"

"Como assim *o que*? Eu não posso ir para o hospital para apoiar a minha prima?"

"Não é exatamente uma coisa que alguém da sua família esperaria de você... Além disso, a sua mãe não estaria com uma visita agora, se isso fosse verdade... O que está acontecendo, Thiago?"

Fodeu.

O problema de se relacionar com mulheres que combinam beleza e inteligência, é que elas possuem um detector de mentiras aguçado. Ela sabe que eu estou inventando uma história. E não deu certo. Mas não é a primeira vez que eu preciso lidar com uma situação assim. Tenho sempre um plano B para evitar o pior causando a dor mais escrota que um relacionamento pode causar.

"É sobre a *Cu-Aberto*. Eu tenho um caso com ela e simplesmente, depois de hoje, eu não consigo mais mentir. Ela tá grávida e vou assumir a criança."

Maria fica em choque. Por um momento acho que ela vai desmaiar, o que seria excelente para as circunstâncias, mas o olhar dela muda da surpresa para o ódio em um segundo. Não sei exatamente de onde veio, mas sinto uma pressão absurda no meu maxilar enquanto vejo o quarto ficar escuro e o chão ficar mais próximo do meu rosto. Escuto ela gritando palavras que não consigo identificar, o que é bom. E sinto o pé dela afundando na minha barriga, o que é bom também, mas muito ruim. Então apago.

*Sempre* funciona. Quando se fala em traição sempre existe uma coisa de rivalidade, raiva, posse, ciúme, sensação de ser passado para trás. Hoje a tia Violeta sentiu isso dez vezes pior, afinal não foi só uma suposta traição. Mas uma suposta traição com um outro homem. Mais novo. E seu próprio sobrinho. Maria vai se recuperar dessa mentira, mas qual o preço que eu vou pagar? Claro que a coitada do cu aberto corre mesmo o risco de ser atacada com uma vassoura ou uma garrafa pet de Coca-Cola que farão jus ao apelido escabroso que Maria inventou. Espero que não aconteça. Mas eu não conheço Maria o suficiente para saber se ela é capaz de algo assim ou não. Talvez eu devesse ter medo do tipo de vingança que ela venha a planejar contra mim...

Quando me levanto, Maria não está mais no quarto. Não tenho coragem de olhar se ela está com a minha família. Já vi isso acontecer antes e não é o que desejo para a Maria ou a gente. Acho que consigo desmentir essa história depois. Posso dizer que tive um surto nervoso e inventei. Ou posso contar a verdade. Acho que ela não acreditaria em nenhuma das duas versões. Quando começo a pensar que talvez tenha ido longe demais e estragado meu noivado, ouço o interfone tocando.

A primeira coisa que penso é que poderia ser Maria querendo voltar e ter uma DR. Mas lembro que ela tem as chaves da casa. Então, lembro do meu pedido no iFood. O interfone toca novamente, mas pelo aplicativo consigo ver que o entregador ainda está parado há alguns quarteirões longe de casa. Bosta de tecnologia zoada.

Vou até o interfone e peço para o entregador esperar um pouquinho. Não consigo deixar de notar que ele está fantasiado de Papai Noel assim como meu irmão. Olho bem para o rosto dele e sinto uma estranha familiaridade. Será que já estudei com esse sujeito? De onde eu já vi esse cara? Mas antes de pegar as chaves para abrir o portão, sou surpreendido pelo meu irmão.

"Você pediu para entregar comida aqui? *Sério*? Depois de tudo que aconteceu ao longo do dia?", ele pergunta revirando os olhos.

"Cara, eu tô com fome…", digo. "Vocês comeram a minha lasanha, porra. Pensassem nisso antes. E o que tem a ver pedir comida?"

Antes de ouvir o sermão que o meu irmão preparou, e não tenho a menor ideia do motivo para tanto, sinto a primeira pontada. Talvez tenha sido efeito da bica que Maria me deu. Solto um peido alto horroroso e faço cara de dor. Jogo as chaves do portão para o meu irmão e peço "por favor" que ele receba a minha comida porque estou passando mal.

Corro para o banheiro e concluo que toda aquela cerveja não se deu bem com a lasanha vegetariana. Às vezes isso acontece e eu agradeço ao meu DNA por um nariz tão pequeno que costuma se fechar e me impede de sentir cheiros normalmente. Será que alguém já cometeu suicídio acidental intoxicado com os próprios peidos? Não quero ser o primeiro. Deus me livre de virar capa do Meia-hora ou do Super como o "peidorreiro suicida". Nunca deixariam de me zoar no inferno.

Enquanto abaixo a minha calça e me preparo para descarregar alguns inquilinos, começo a sentir uma sensação estranha. E não é do que começa a ser expelido cu afora. Me incomoda bastante pensar de onde

**O almoço de Natal** 77

posso conhecer o entregador durante esse momento de intimidade. Não quero pensar em homem enquanto tenho coisas rígidas em formato cilíndrico se movendo para fora do meu cu.

Mas então acontece.

Ouço os gritos e barulhos de coisas quebrando lá fora ao mesmo tempo que faço força para expulsar esses espíritos demoníacos do meu corpo. Quando a água bate de volta no meu cu, eu me lembro de onde reconheço esse entregador filho da puta. Sinto um arrepio nervoso. Coitado. Não tem a menor ideia de onde veio parar.

# PARTE III

## CAPÍTULO 19.
# CONTEXTO

Talvez ainda não tenha ficado claro para você entender quem é a minha família de verdade, mas isso vai mudar muito em breve. Não se preocupe.

Havia algo estranho no ar e as pistas estavam sempre lá. Eu demorei para perceber, mas acho que tudo começou na 3ª série do Ensino Fundamental, quando a professora Marília começou a pegar no meu pé por causa da minha dicção. Até hoje tenho a língua um pouco presa, gaguejo e falo algumas palavras errado. Mas naquela época era como se fosse o próprio Cebolinha. A professora tentou insistir para marcar uma reunião com meus pais. Perdeu a paciência e decidiu dificultar minha vida escolar para chamar a atenção deles. Ou me desesperar.

Primeiro foi a implicância boba com o meu jeito de segurar no lápis. Depois com o garrancho que chamava de letra. Fui "presenteado" com um caderno de caligrafia e virei o próprio Bart Simpson escrevendo a mesma frase páginas e páginas. Os deveres de casa eram complexos, o que exigia uma ajuda dos pais – e nem sempre isso acontecia. Por fim, comecei a receber notas muito baixas em todas as matérias.

A situação mudou após uma visita surpresa da minha mãe. Ela dispensou meu ônibus escolar e pediu que eu esperasse no carro, enquanto conversava com a professora no estacionamento da escola. Não sei o que falaram, mas de repente virei o melhor aluno da sala. Recebia elogios com frequência, minhas notas melhoraram e a professora exibia minhas redações para os colegas.

Muitos anos depois, no último ano do Ensino Médio, me envolvi em uma briga generalizada com um grupo de palhaços metidos a trombadinhas. A gente estudava em uma escola cujo lema era Ordem e Progresso. A maioria dos alunos eram filhos/sobrinhos/netos de policiais civis, militares ou federais, mas existiam os "premiados", que passaram na prova de admissão e/ou moravam nas redondezas da escola. Era a receita perfeita para dar confusão cedo ou tarde.

O meu melhor amigo se chamava Diego e teve um desentendimento com um escalador de meio-fio chamado Judeu, que também estudava na nossa escola. O nome dele não era Judeu, mas era como o cara era conhecido. Duvido que fosse judeu de verdade. Apelidos são assim mesmo. Não é para fazer sentido. A gente estava em um shopping e o tal Judeu tinha acabado de cair do skate. Diego, sempre muito folgado, riu da cara do menino na frente de todo mundo. O jardineiro de bonsai não gostou do deboche e jurou o Diego de morte.

Foi então que um outro rapaz comprou as dores do Judeu e decidiu acertar as contas no horário de intervalo da escola. O Diego não levava desaforo para casa e nem esperou esse cara parar de falar merda. Deu logo um soco na cara dele. Os dois foram levados para a diretoria. Diego ficou em uma sala e o outro cara ficou do lado de fora esperando. Quando me viu, começou a gritar que iria nos matar. Mandei um beijinho para ele e chamei para vir resolver comigo. O beijinho deixou o cara enlouquecido ao ponto de correr na minha direção como um touro. Fiz uma imitação ruim do Bruce Lee e dei uma voadora no peito dele. O moleque voou longe e quando se levantou, tinha tanto ódio no olhar que senti medo das ameaças dele. Ninguém gosta de virar saco de pancadas na escola.

Você imagina que uma escola cheia de parentes de policiais seja segura, né?

Não muito. No dia seguinte, um grupo de adolescentes mal-intencionados e armados ficaram esperando o horário de saída. Eu não vi nada, mas os seguranças viram e impediram a transformação de dois moleques folgados em peneiras humanas. A PM foi acionada, nossos pais foram chamados com urgência, enfim, um verdadeiro caos acontecendo enquanto a gente assistia a aula de matemática. Na saída, o pai do Diego estava esperando a gente e fomos embora sem saber de nada.

Mas meu pai não recebeu o aviso de que eu já havia ido embora. Ele chegou alucinado jogando o carro quase dentro da escola. Saiu gritando e segurando um facão imenso na mão: "Cadê o meu filho? Quem é que está querendo matar o meu filho?"

Ele precisou ser contido pelos agentes de segurança da Escola. Só se acalmou depois de entender que eu tinha ido com o pai do Diego. Então precisou dar explicações sobre o facão imenso que carregava. Disse que era para descascar laranja. Incrédulos, os agentes começaram a rir. Explicaram toda a situação para ele e o tranquilizaram dizendo que estava tudo resolvido. Meu pai agradeceu e foi embora. Ele não deixaria ninguém resolver aquela situação. Ele faria questão de cuidar disso do seu jeito.

Poucas semanas após a confusão toda, os nossos "inimigos" pararam de frequentar a escola. Os seus amigos não falavam mais deles. Muitos

**O almoço de Natal** 81

alunos começaram a desviar o caminho para não cruzar nem comigo ou com o Diego nos corredores da escola. Os professores estranharam aquilo tudo e até o diretor da escola, um delegado da Polícia Civil, começou a observar o nosso comportamento na escola, mas nem eu ou o Diego entendemos exatamente o que estava acontecendo. Não passava pela nossa cabeça que éramos "suspeitos" do desaparecimento do Judeu e do seu amigo o saco de pancadas.

Meus pais também se envolveram nas brigas do meu irmão e irmã, mas aprenderam a ser mais discretos. Tanto que nunca fui capaz de perceber e conectar uma coisa na outra. Eu era jovem demais e tinha outras preocupações. Queria ser aceito. Queria conseguir assistir a MTV sem ninguém gritar comigo. Queria fazer meu dever de casa sem apanhar porque tinha dificuldade em dividir os números por 9. Queria comer pizza de queijo sem molho à bolonhesa ou ficar catando as azeitonas. Queria que não gritassem comigo por qualquer coisa. Então, quando ouvia conversas sobre "apagar alguém" ou via armas escondidas no armário, eu ignorava porque sabia que era assunto de policial. E porque seria um motivo para apanhar.

Anos antes de conseguir aproveitar a situação econômica do país e montar uma empresa de fogão elétrico, fruto do mesmo governo que hoje ele abomina, meu pai era policial civil. Foi assim que ele conheceu a minha mãe, que na época era conhecida por ter "derrubado" com apenas três tiros, três assaltantes de banco em plena Avenida Afonso Pena. Meu pai também era famoso nos bastidores. Quando um colega morria, ele era sempre acionado para fazer parte do seleto grupo encarregado de encontrar e "visitar" os assassinos. Costumavam "sumir" com as vítimas usando métodos obscuros da época da Ditadura, como conseguir um helicóptero para desovar os corpos em lagos habitados por jacarés no interior.

Tanto meu pai quanto a minha mãe tinham em comum a vontade de criar um mundo melhor através da justiça, mas também combinavam nos excessos criminosos de resolver tudo com as próprias mãos. Meu pai acabou perdendo o distintivo depois de ser investigado pela corregedoria e passou a dedicar mais atenção à engenharia até começar a sua empresa.

Até 2014, eu queria muito me encaixar, sentir que era parte da família, ter a admiração dos meus pais. Talvez meu jeito de demonstrar isso não tenha ficado claro, afinal decidi morar com os meus avós para ficar longe deles. Sentia inveja do Talles e da Tatiana, porque para eles era tão fácil conversar e falar de coisas em comum. Comigo era diferente.

Ficavam em silêncio e isso me intimidava. Nunca consegui conversar para construir uma relação de amizade e confiança. Porra, eu nem conhecia meus pais, para falar a verdade. Essa questão me destruiu emocionalmente e fiquei anos remoendo isso, até que descobri o pequeno segredinho familiar durante a Copa do Mundo no Brasil.

## CAPÍTULO 20.
# TODO DIA UM 7 A 1 DIFERENTE

Segundo a minha mãe, tudo começou em 2002, logo após a eleição do Lula. Nunca existiu um motivo real para tanto ódio e medo. Até onde sei, meu pai votou no Lula em 1989. Minha mãe foi para as ruas no movimento das Diretas Já. Mas algo mudou. Ambos cresceram durante a Ditadura e era normal o espírito jovem transgressor incentivar ir contra o sistema, mas mais de dez anos depois nenhum deles era mais a mesma pessoa. Agora tinham uma visão diferente da Ditadura e um pavor imenso do país virar uma versão piorada de Cuba. Sem dor, eles perceberam que apesar de tudo que fizeram, deixaram de ser os mesmos e se tornaram os próprios pais.

Todo encontro familiar era sempre a mesma coisa, com ambos lamentando abertamente o fim da "Revolução" e xingando os comunistas. Era incompreensível o ódio que meus pais sentiam de ver um operário de nove dedos governando o Brasil. E foi esse sentimento que os convenceu de que precisavam fazer algo.

"Descobrimos a nossa missão, meu filho. Era claramente o nosso propósito de vida. Mas era importante ter um plano para ser o crime perfeito. Ficamos um tempão organizando, pensando em todos os detalhes, conversando com antigos agentes do DOPS, tentando nos preparar para todas as situações possíveis. A nossa experiência de campo ajudou muito, claro. Mas o cuidado era fundamental para não correr riscos", minha mãe contou.

Demorou dois anos para entrarem em ação com a Operação Havana. Quando tudo começou, meus pais haviam recrutado parceiros com pensamentos parecidos. Um casal igualmente revoltado (e preocupado, claro). Eram filhos de militares com atuações expressivas na Ditadura e sempre davam um tratamento diferenciado para os negros, gays, professores e jornalistas que tinham o azar de cruzar o seu caminho. Queriam retomar os valores da "Revolução" antes que o Brasil virasse um puteiro. Entraram na polícia junto com o meu pai e participaram de muitas das ações de olho por olho, dente por dente. Mas ao contrário do meu pai, eles não perderam o distintivo e foram expulsos da corporação.

**84** Tullio Dias

Eles tinham ouvido falar de um grupo de jovens estudantes de Comunicação da UFMG, que estavam colando cartazes pela cidade criticando o período da Ditadura, mencionando até o nome dos pais do casal envolvido na Operação Havana. Aquilo não iria ficar barato. Foram semanas de tocaia, fazendo anotações e entendendo o comportamento dos projetos de terroristas esquerdistas. Quando o plano ficou pronto, foi muito fácil executar os três estudantes e simular uma situação de latrocínio.

Após o sucesso da primeira missão da Operação Havana, decidiram pausar as atividades até a imprensa "esquecer" o crime bárbaro que ganhou as capas de jornais do país inteiro. Meses depois, durante o Natal, decidiram ajustar as contas com um promotor preto e afetado que defendia bandidos. Desta vez, bastou esperar o dia certo para uma emboscada noturna no meio da rua. Dispararam mais de 500 tiros no táxi, sem se preocupar com o motorista e o estagiário que acompanhavam o promotor.

Ficaram um ano parados até executarem o terceiro serviço, na véspera de Natal. Foi quando decidiram que a Operação Havana se tornaria a Operação Almoço de Natal. E foi assim durante anos, quando os quatro justiceiros ficaram cada vez mais próximos. Chegaram a passar várias festas de Natal lá em casa, na companhia da família toda, sem ninguém imaginar a vida secreta que escondiam.

Foi com a sua parceira de crime que a minha mãe ouviu falar pela primeira vez da teoria dos pés. Basicamente, gente com pé bonito era confiável. Gente com pé feio era comunista. Nunca ficou claro para mim como eram definidos os padrões de beleza de um pé, mas era algo que a gente não podia discutir porque gerava uma briga gigante e ela poderia ficar dias sem conversar com você. Minha mãe levava isso à sério.

A parceria com o casal terminou sete anos depois. A esposa descobriu que o marido tinha um caso com a sua própria sobrinha e teve um surto psicótico. Envenenou os dois na véspera do Natal e foi presa antes do Ano Novo. Virou notícia nos jornais do mundo todo. Minha mãe disse que foi até a prisão visitar a amiga e voltou com a segurança de que a tradição que eles criaram estava segura. Meu pai preferiu não acompanhar a minha mãe na visita porque sabia do caso do falecido e se sentiu muito mal com o jeito que a história terminou. Se pudesse, mataria a mulher para vingar o amigo.

**O almoço de Natal** 85

A Operação Almoço de Natal estava pausada depois de anos de extermínios que terminaram impunes ou com bodes expiatórios presos. Ficou assim até 2014, quando o país viveu a sua maior polarização política até então, e a seleção da CBF perdeu a semifinal contra a Alemanha em pleno Mineirão. Meus pais estavam felizes e confiantes que o chamado "Reinado Petista" chegaria ao fim em poucos meses, mas a derrota para os alemães seguida de manifestações pró-governo dentro do estádio, despertaram o sentimento de ter um propósito divino para cumprir. De repente, estavam famintos por sangue e justiça. Incapazes de se controlar, decidiram simplesmente fazer alguma coisa ali mesmo, imediatamente. Se eles tivessem pensado um pouquinho, talvez não tivessem sido tão descuidados. E eu nunca teria descoberto a verdade.

CAPÍTULO 21.
## POR QUE A GENTE É ASSIM?

Confesso que talvez eu tivesse comprado a ideia deles se soubesse na época. Seria uma forma de criar e estreitar os laços familiares. Além disso, tudo que eu pensava que sabia sobre política vinha deles. Meus avós nunca falaram de política comigo. Certeza de que hoje seriam apoiadores do Bolsonaro. Talvez sem a mesma ideia pirada de propósito divino de salvar o Brasil da ameaça comunista. Em 2002, eu nem tinha ideia do que era o comunismo. Desconfiava que fosse ruim. Assim como os judeus, que minha mãe também odiava. Para ela, o holocausto não existiu e todo o genocídio dos judeus foi somente uma vingança divina contra os filhos da puta que mataram Jesus Cristo.

Mas a história foi diferente. Eles esconderam a verdade durante anos e nem mesmo Talles ou a Tatiana sabiam. Eu deveria ter desconfiado de todas aquelas vezes que meu pai tentou me ensinar a dirigir e brincava dizendo que me daria um presente se eu atropelasse qualquer pessoa usando camisa vermelha. Ou quando a minha mãe decidia praticar tiro ao alvo em um gato no meio da rua e perguntava se eu não queria tentar. Nunca imaginei que eles não estavam apenas "brincando" quando falavam do que fariam para curar a homossexualidade do filho da vizinha ou do tratamento merecido para os negros.

Em 2014 eu não compraria a ideia deles nem se fosse garantido que assim me sentiria membro da família. No entanto, eu também não iria querer chamar a atenção para dizer o óbvio do quanto aquilo tudo era extremamente errado. Tentaria ser indiferente, pois isso sim deixaria eles incomodados.

Após o 7 a 1 para a Alemanha, meus pais sequestraram um torcedor germânico que estava abusando da hospitalidade mineira. Se não usasse uma camisa vermelha, talvez estivesse celebrando fodendo uma brasileira na cama de um motel qualquer no centro da cidade. Mas ele deu azar de usar a cor dos comunistas e rir da cara do meu pai no entorno do estádio. O alemão nem teve tempo de reagir. Levou um soco no nariz, caiu no chão e logo foi puxado para o porta-malas do carro. Era uma edição da Operação Almoço de Natal fora de época. Imprevisível. Perigosa. Tudo poderia dar errado. E deu...

Horas depois de meus pais chegarem em casa com o seu convidado inesperado, eu estava abrindo o portão acompanhado da Mariana, minha namorada. Ela já estava irritada por não conhecer meus pais depois de tantos meses juntos. Não pensei em ligar e avisar que estava indo até lá, afinal nem passava pela minha cabeça a chance dos meus pais irem ver o jogo no estádio. Assim que entrei, ouvi alguém gritando muito em alemão. Parecia vir do porão. Mariana falou "alguém está descontando raiva ouvindo um filme muito alto, né?". Dei uma risada concordando e pedi para ela me esperar na sala, enquanto eu descia as escadas até o porão.

Chamei os meus pais, mas a única coisa que ouvia eram os gritos em alemão. Mesmo sem entender nada do idioma, tive a certeza de que eram xingamentos e pedidos de socorro. Fiquei um pouco apreensivo e me senti mal por ter mentido para a Mariana: em hipótese alguma meus pais assistiriam a qualquer filme em seu idioma original e a gente não tinha televisão no porão. Eu sabia que aqueles gritos vinham de uma pessoa real.

Estava tudo aparentemente normal no porão. Se eu não conhecesse bem aquela parte da casa, outrora conhecida como biblioteca, iria ter certeza de ter ficado louco e começado a imaginar um alemão puto da vida xingando até alguém vir ajudar. Mas existia um detalhe fora do seu lugar. A estante estava ligeiramente inclinada, deixando à mostra uma porta secreta. Aquilo me travou.

Fiquei ali parado sentindo medo de seguir em frente. Eu tinha certeza de que se eu continuasse e descobrisse a origem dos gritos, nada mais seria a mesma coisa e minha relação familiar passaria por mais uma grande mudança capaz de proporcionar ainda mais medo e conflitos.

Decidi entrar. Fechei a porta para abafar os ruídos e impedir a chance da Mariana encontrar a sala secreta. Gritei pelos meus pais mais uma vez, mas a única voz que demonstrou me ouvir foi a de um homem vestindo uma camisa vermelha amarrado em uma cadeira. Ele sangrava muito com cortes no rosto e principalmente no nariz. Quando me viu, começou a pedir ajuda misturando inglês e português. Senti uma imensa dor na barriga subindo pela garganta, como se estivesse prestes a vomitar. Ouvi meus pais conversando normalmente e rindo do desespero do alemão. Continuei me aproximando e meu olhar cruzou com o da minha mãe, que se assustou e gritou "que porra você tá fazendo aqui, Thiago?".

Ela tinha um martelo nas mãos. Tinha sangue escorrendo pelas suas mãos e sujando o chão. Meu pai chegou perto de mim muito rápido e nem tive tempo de reagir. Tapou a minha boca e disse para eu não gritar. "Isso não é o que parece, meu filho. Podemos te explicar."

"Não, Thiago. Isso é exatamente o que parece e não sei se vai adiantar te explicar", corrigiu a minha mãe.

Meu pai pediu para eu não gritar, mas não falou nada sobre vomitar. E foi o que fiz. Vomitei na mão dele todo o sanduíche do Subway que comi horas antes. Quando notei a mão do meu pai e as suas roupas sujas de sangue, vomitei ainda mais. A última coisa que precisava era ter sangue alemão na minha boca.

Quando consegui me recompor, eles pediram para eu me acalmar, que logo iriam me explicar aquilo tudo. Foi quando lembrei da Mari lá em cima esperando para conhecer meus pais, sem imaginar que eles estavam batendo um martelo no joelho e cabeça de um gringo bêbado. Falei que eles precisavam subir para conhecê-la, mas meu pai disse que não podia interromper o "trabalho" e apontou para o alemão, que agora estava desmaiado. Minha mãe me pediu para esperar, entrou dentro de um banheiro, e saiu de lá minutos depois toda arrumada, como se tivesse acabado de sair do banho e não de uma sessão digna de uma continuação do filme O Albergue.

Quando subimos, encontramos a Mari descalça no sofá e assistindo a um episódio qualquer de Friends. A primeira coisa que a minha mãe fez foi olhar atentamente para os seus pés. Depois elas se cumprimentaram com beijo e abraço, fizeram todo aquele social constrangedor de primeiro encontro com os pais do namorado, tomaram um café e foi isso. Como já estava escurecendo, Mari pediu um UBER para vir buscá-la. Confesso ter ficado um tanto frustrado porque tinha expectativas sexuais para encerrar o dia, no entanto não tentei adiar a despedida porque estava aliviado dela ir embora. Ainda não acreditava no que vi naquele porão.

**O almoço de Natal** 89

## CAPÍTULO 22.
# PÉ FEIO

Tinha certeza de que a minha mãe não gostou da Mariana. A coisa dos pés. Quando ela não fala nada sobre o pé de uma pessoa que acabou de conhecer, pode saber. Aquilo teria me incomodado um pouco, mas ao mesmo tempo estava preocupado demais em saber quem era aquele gringo e porque diabos ele estava sangrando dentro de um quarto secreto dentro do porão da casa dos meus pais.

Assim que a Mari entrou no carro, minha mãe disse que a gente precisava conversar. Descemos para o porão, mas o homem não estava lá mais. Também não tinha nenhum vestígio de sangue no quarto secreto. Será que eu estava imaginando coisas? Mas não. Minha mãe me explicou quem era o sujeito, porque ele estava amarrado e eu preferiria não ter ouvido a última parte sobre o seu destino. A verdade era uma só: Meus pais eram psicopatas sanguinários.

Quando meu pai reapareceu, começamos a ter uma pequena discussão:

"Essa é a nossa forma de ajudar a construir um mundo melhor."

"Mas o que esse cara fez contra vocês ou contra o mundo? Só porque ele é alemão?", perguntei.

"Não é só por isso. Ele está de vermelho também. É um comunista. Traidor da Alemanha. Nunca vi alemão comunista. Ele assinou o atestado de morte dele.", meu pai respondeu.

"Tem vermelho na porra da bandeira da Alemanha, pai. Como é que usar vermelho transformou alguém em comunista?"

"Você não entenderia, meu filho. Você não entenderia."

De fato, não entendi. Não entendi principalmente porque era loucura. Não fazia o menor sentido e o esforço para explicar só deixava mais claro o quanto meus pais eram pirados. Quando meus irmãos chegaram em casa, reclamando do vexame de horas atrás, meus pais também tiveram uma conversa com eles. No começo ficaram chocados e preocupados com o risco de serem presos, mas logo relaxaram e demonstraram interesse em conhecer mais dessa atividade familiar diferente. Acho que se não tivesse ido morar com meus avós e vivido em um ambiente mais tranquilo, talvez tivesse uma reação parecida.

Só que eles ficaram tempo demais com os meus pais para sequer conseguirem considerar deixar de ser apenas uma releitura malfeita deles.

Quando voltei para casa naquela noite, tinha milhares de coisas passando pela cabeça. Meus pais eram assassinos e acreditavam estar fazendo do mundo um lugar melhor matando comunistas. O que eu vou fazer? Não dá para denunciá-los para a polícia. Não aconteceria nada. Tenho medo de denunciar para a imprensa. Além disso, que tipo de filho eu seria se entregasse os meus pais assim? Eles podem ser nazistas, mas ainda são meus pais.

Eles nunca mais tocaram nesse assunto comigo. Não é como se tivessem uma chance, na realidade. Eu comecei a evitar qualquer chance de encontrar com meu pai, mãe e irmãos. Não queria ter nada a ver com aquela merda digna de um filme do Quentin Tarantino. Se eu compartilhasse essa história com meus amigos cinéfilos, tenho certeza de que eles me pressionariam para escrever um roteiro. Sério mesmo. Tenho uns amigos cinéfilos alcoólatras de um portal chamado Cinema de Buteco e eles seriam os primeiros a reservarem os ingressos para a pré-estreia.

Muita coisa mudou após aquele 7 a 1. Primeiro foram meus pais decidindo seguir caminhos separados e deixar de fingir serem felizes casados. Deveriam ser uma excelente dupla de assassinos, no entanto. Aposto que foi isso que os manteve juntos todo esse tempo. Depois de conhecer melhor a natureza íntima de cada um deles, achei incrível eles não terem se matado. O divórcio fez a família se dividir. Minha irmã decidiu continuar com meu pai e meu irmão se mudou para o interior depois de passar em um concurso da Polícia Militar.

Isso não impediu o treinamento dos meus irmãos para também se tornarem matadores. Pelo menos uma vez por mês se encontravam para aprender o guia básico de como livrar o mundo da ameaça comunista começando pelos esquerdistas brasileiros. Logo começaram a colocar os ensinamentos em prática durante as festas de fim de ano, cuja cereja do bolo eram as comemorações armadas matando gente inocente. Aquilo me tirava do sério.

Por fim, a outra grande mudança foi quando os meus avós faleceram em um intervalo de um mês. Primeiro ele se foi, depois ela não aguentou de tristeza e desencarnou durante o sono. Fiquei sozinho e obrigado a tomar uma decisão sobre o meu futuro. O meu salário de *social media* era pornográfico. Mas uma pornografia ruim como se fossem anões masturbando um cavalo com um cara muito gordo e peludo fodendo com uma mulher muito magra montados no bicho. E no

**O almoço de Natal** 91

fundo da tela, um jockey pelado faz pole dance em um pau de sebo. É assustador. Escolhi morar com a minha mãe.

A minha decisão deixou a Mariana louca. "Como assim você vai morar com a sua mãe? Pirou?", ela perguntou no dia em que decidi contar o que iria fazer. No fundo, ela estava certa. Poderíamos morar juntos, se ela mesma trabalhasse e tivesse dinheiro para ajudar a pagar as contas. Não era o caso. Quem sabe se eu encontrasse alguém para dividir o apartamento comigo. Outro *social media* falido para passar a noite reclamando da vida comigo. Poderia escolher muitos caminhos ao invés de me tornar cúmplice. Seria mais fácil assim. Mas não foi o que escolhi.

Pensei em aproveitar essa chance para reatar os laços maternos que a gente nunca desenvolveu de verdade. Sentia que apesar de todos os problemas e diferenças, ela era a minha mãe. A gente podia tentar conviver bem. Pela primeira vez, eu teria a chance de ter ela só para mim, sem precisar dividir atenção, comida, televisão e computador com o Talles ou a Tatiana. Ela poderia compensar o tempo que não tivemos juntos quando eu precisei. E eu teria a chance de aprender o que significava ser um filho. Sabia ser neto, mas não era a mesma coisa.

Pouco tempo depois, talvez não tempo o bastante para a gente se entender de vez, o Jesse entrou em cena e tive que dividi-la mais uma vez. Meu namoro com a Mariana seguia como uma verdadeira montanha-russa de emoções. Eram dois dias de bosta para dois dias incríveis. Minha mãe não gostava muito dela. Talvez fosse um sentimento mútuo, pois Mari odiava minha família pela forma como me tratavam e humilhavam sempre. Era um assunto delicado entre a gente. A única solução para evitar esse tipo de tratamento seria cortando qualquer tipo de relação. Não era algo que poderia fazer naquela época. Muito menos algo que eu quisesse, confesso. Mari ficava frustrada e sempre dava desculpas para não passar o final de semana comigo. Acho que inconscientemente, a Mariana sabia a verdade sobre a minha família e queria distância disso.

Já sabia que uma relação assim não teria futuro, mas queria provar que estava errado. Mas era óbvio para todo mundo e um dia, cinco anos depois do lendário 7 a 1, nós terminamos de vez. Passei dias arrasado. Quando minha mãe entendeu o que estava acontecendo, começou a falar como se fosse uma coach motivacional. Semanas antes ela havia encontrado um canal no YouTube de uma russa cheia de mensagens motivacionais e de autoestima. Minha mãe passava horas assistindo aos vídeos e rindo do sotaque forte da mulher. Parece ter sido útil, no entanto.

"Você precisa de uma mulher de verdade e parar de perder tempo com meninas imaturas, que não sabem o que querem. Que não querem ficar com você. Tem que achar quem te ame de verdade. Ela vai ter o que merece um dia e vai cair na real da cagada que fez", ouvi minha mãe falando em um café da manhã, quando ela decidiu pausar o vídeo mais recente da coach russa para conversar comigo. Não pude deixar de sentir um tom de ameaça nas palavras dela, mas estava triste demais para levar a sério.

"Mãe, você não pode fazer o seu lance de Rambo assassina e matar a minha ex-namorada, ok? Isso não é OK! Acho que seria até feminicídio, inclusive"

"Quem falou em matar? Só pensei em arrancar os pés dela. Eu nem sei o que "feminicídio" significa..."

"Mãe! Que porra é essa? Isso é muito errado. Pode tirar essa ideia da cabeça. Deixa a Mariana e o pé dela em paz. Os dois pés."

E rimos juntos.

Semanas depois, Mariana apagou todas as fotos do seu perfil no Instagram. Depois me bloqueou em todas as suas redes sociais. O nosso último contato foi um e-mail em que ela falava sobre a sua mudança para Portugal porque havia recebido uma bolsa de estudos para fazer um curso de Comunicação. Me desejava todo o amor do mundo, que eu pudesse ser feliz e encontrar a minha paz. Por fim, desejou um emprego melhor para conseguir me livrar de todas aquelas pessoas grosseiras da minha família.

Foi assim. Sem beijo, abraço e sexo de despedida. Ela se mandou. Pensei que pudesse ser melhor assim, no final das contas. Afinal, eu já tinha sofrido o suficiente por ela ter me largado. Não precisava sofrer de novo agora que ela se mudou para um outro continente para ficar bem longe de mim, certo? Bom, eu sofri mesmo assim. Muito. E quis morrer no dia em que aconteceu um atentado terrorista em Lisboa e ela estava entre as vítimas. Foi como se tivesse perdido a minha namorada mais uma vez e aquilo me deixou muito desiludido com o sentido da vida. E foi isso. Mariana se foi para sempre.

Tive motivos de sobra para questionar tudo a respeito da minha vida e da diferença da pessoa que pretendia ser para quem era realmente. Cresci como uma pessoa solitária e excêntrica, com menos amigos que o Lula tem de dedos nas mãos. Nunca fui de fazer grandes amizades, de viajar junto, frequentar festas e essas coisas normais esperadas de qualquer pessoa. Simplesmente cresci assim. Nunca vi meus pais ou avós

**O almoço de Natal** 93

recebendo amigos em casa, por exemplo. Não é porque não gosto das pessoas (parcialmente verdadeiro), mas especialmente porque não consigo me interessar por atividades sociais (completamente verdadeiro).

Me sinto deslocado quando estou acompanhado de pessoas que não fazem parte do meu convívio diário ou não possuem projetos em comum comigo. Todas as vezes em que me pego pensando nisso, começo a refletir sobre o real significado de "amizade". É como se fosse uma válvula de escape egoísta em que as pessoas usam umas às outras para não se sentirem sozinhas.

Você precisa gostar de sair para beber cerveja e conversar para ser lembrado. Quem não faz isso com frequência é excluído cedo ou tarde. E é mais comum do que a gente imagina, né? Por exemplo, já pensou no motivo de gente casada raramente querer fazer um programa com solteiros? Tudo bem. Esse exemplo não é bom porque pessoas casadas frequentemente se esforçam em encontrar defeitos nos solteiros para não precisarem admitir que sentem inveja da liberdade deles. Ao mesmo tempo, pessoas solteiras preferem não ficar muito tempo com quem está casado porque precisariam admitir o quanto se sentem sozinhos. Além disso, ninguém quer ficar de vela no passeio, certo?

Sinto um imenso amor pelas poucas pessoas com quem cultivei amizades ao longo dos anos, principalmente porque elas são poucas e nunca me cobram atenção ou carinho. Ou passeios sem sentido. Meus amigos entendem que podem contar comigo quando precisarem. Amor e amizade não envolvem ciúmes e cobranças. Isso se chama outra coisa.

Após meses deprimido e sem nenhuma expectativa de me recuperar ou esperança de redescobrir o amor, justamente quando a gente não está olhando e procurando, a Maria surgiu na minha vida e *tudo* mudou.

Ainda no primeiro ano de namoro, quando teve a coragem de aceitar passar o Natal comigo, eu a alertei. "Você precisa saber que a minha família é um pouco diferente de tudo que você já viu, sabe?" Óbvio, não entrei nos detalhes, embora ela tenha perguntado diversas vezes o que quis dizer com aquilo. Maria achava um exagero. Afirmava ter lidado com famílias complicadas a vida toda. Não seria novidade ter um namorado com mães e pais loucos ou ciumentos ou brigões. Sorri para ela e mentalmente perguntei se ela sabia como lidar com uma família cujo entretenimento natalino era perseguir, torturar e matar eleitores do PT. Na verdade, eu poderia até ter contado a verdade para Maria. Ela não acreditaria, de qualquer forma.

Naquele nosso primeiro Natal juntos, eu fiquei estressado demais. Era o primeiro ano da pandemia da COVID-19, ainda não existia vacina, milhares de pessoas morriam diariamente. Achei um tremendo absurdo quando minha mãe decidiu receber todo mundo em casa. Maria não pareceu se importar tanto, pois estava feliz de finalmente conhecer toda a minha família, finalmente. E quando foi embora para a sua casa, eu fui junto. Não fiquei para ver os planos familiares para aquele ano. Mas sabia quem seriam as vítimas: um casal hippie que vendia maconha na porta da escola do Enzo. Desejei que tivessem fumado um último baseado antes da ceia, porque não teriam chance de fazer isso depois. Os maconheiros já estavam amordaçados no quartinho secreto na casa do meu pai. Talvez pensassem mesmo no último baseado que apertaram, antes de serem sequestrados no meio da rua, em plena luz do dia. Será que eles sabiam que aquele seria o último?

Era assim que meus pais agiam. Com cuidado, planejamento e organização. Com uma frieza capaz de arrepiar até os russos. Totalmente diferente da realidade e do que estava acontecendo agora na minha casa. Tento entender de onde veio tanta impulsividade e desleixo para decidirem matar uma família inteira aqui. Ainda por cima com o Jesse e a Maria presentes. Seja qual fosse o plano, uma coisa era certa: eles não esperavam por esse convidado inesperado que acabou de chegar.

CAPÍTULO 23.
# PÉ NA PORTA E SOCO NA CARA

Com a sensação de leveza tão comum após perder peso, meu momento de quietude no troninho é interrompido pelas batidas na porta do banheiro. Meu irmão nem me espera responder e parece bastante irritado.

"Você cagou mesmo desta vez, hein? Meus pais estão chamando você lá embaixo para resolvermos esse problema."

"*Nossos* pais", eu corrijo.

Nem mesmo cagando tenho paz no Natal. Quando desço para a área gourmet, sei que uma nova sessão de humilhação raivosa me aguarda. Provavelmente vão me xingar e tentar me culpar antecipadamente, caso o plano deles dê errado. Terceirizar a responsabilidade é uma habilidade muito bem desenvolvida por aqui. Ao chegar perto da mesa e do fogão à lenha virgem, vejo o entregador do iFood amarrado e com o rosto destruído. Assim. Ele com certeza já tinha um rosto destruído. Talvez os olhos inchados e os cortes tenham realçado seus traços, sei lá. Não estava bonito. O pobre coitado estava encolhido no canto da parede sob a mira da .40 da minha irmã.

Porte de arma? Claro que a Tatiana não tem porte de arma, caso você tenha curiosidade em saber. No canto da parede também está a velha anciã que teve a péssima ideia de acordar e pensar em visitar a minha família hoje. Está desmaiada entre dois casais, que parecem ser os seus filhos. Eles estão acordados e com a expressão do mais puro medo. Sabe quando você sabe que está fodido? Tenho certeza de que estão pensando nisso. Maldita hora em que quiseram fazer a vontade da mamãe no Natal, né? Era melhor terem ficado em casa assistindo reprise do especial do Roberto Carlos. Comendo salpicão e reclamando das uvas passas. Mas não… vocês estão na mira de uma assassina pirada. Boa sorte.

Meu pai aponta para o entregador e diz "não era para ele estar aqui, meu filho. Como vamos resolver isso?" Cogito responder com a primeira coisa que vem à minha cabeça, mas a voz da minha mãe é tão alta e agressiva que interrompe os meus pensamentos.

"Não é assim que a gente faz as coisas. Vamos ter um problemão agora para resolver por sua culpa. Por isso, você deveria parar de fazer graça hoje mesmo e assumir o seu lugar nessa família. Você é o filho mais velho. Eu e seu pai estamos ficando velhos demais para isso. Queremos nos aposentar de verdade. Não quero caçar comunista o resto da vida, Thi."

"Espera... eu fui chamado aqui para deixar de ser mais cúmplice do que já sou e puxar o gatilho? Mas nem fodendo. Eu não vou matar ninguém. Que porra essa velha fez com vocês para estar aqui, aliás? Nunca vi velho comunista, porra!", pergunto.

Meu irmão responde. Toda aquela questão do terreno que eles cochicharam mais cedo era sobre isso. A tal velha morou aqui durante muitos anos antes da gente comprar a casa. Quando ficou sabendo pela nossa vizinha que nós tínhamos um terreno vazio e disponível, tentou de todas as formas adquirir para si mesma. Acontece que a velha estava envolvida com políticas sociais e com o MST. Minha mãe não suportaria vender o terreno para uma comunista. De sacanagem, a velha deu com a língua nos dentes para se vingar. De repente, um grupo de 30 famílias invadiu o nosso terreno e perdemos um negócio milionário daqueles capazes de permitir comprar uma cobertura em Balneário Camboriú para cada pessoa da família. Até eu tive vontade de matar essa velha muxibenta do caralho.

Minha família nunca iria imaginar que a invasão teve um mandante. E descobriu muito por acaso, quando a velha burra fez uma visita totalmente inapropriada perguntando como estava a situação da situação no terreno. Ela não tinha como saber da invasão e minha mãe estranhou aquilo. Logo pediu para o Talles investigar e ele conseguiu descobrir que a velha era muito próxima do responsável pela invasão. Isso deixou a minha mãe tão nervosa, que ela queria atirar na velha logo que descobriu a verdade. Mas depois de se acalmar, ela teve um plano. Contou para a vizinha que pretendia desmanchar a casa toda porque sabia que isso chamaria a atenção da velha. Dito e feito, a vizinha organizou um encontro de despedida para a sua amiga anciã fazer a sua última visita à sua antiga casa. Ela nem imaginava o que a esperava.

Exatamente agora, nesse mesmo momento em que temos visitas ilustres na nossa casa, as famílias invasoras do terreno estão gritando na escuridão de receber uma visita surpresa de um grupo de milicianos desiludidos com a Ordem e Progresso. Enquanto a gente toma Coca-Cola e pede iFood, as famílias sem-terra estão levando bomba de fumaça, cacetete, bicudos na canela e tiros de borracha. A intenção dos agentes é comemorar o Natal promovendo uma limpeza social. O que a COVID-19 não matou, eles vão matar.

**O almoço de Natal** 97

Não posso dizer que a velha é inocente. Pelo menos dou graças a Deus que esse não será mais um assassinato motivado pelo pé feio (não resisto à tentação de olhar para o pé da velha, mas ela está com sapatos). Mas poderia tentar argumentar sobre os dois casais aterrorizados sem nada com isso. Eu até tento livrar a barra deles, mas a minha irmã diz que é efeito colateral. Já estava tudo certo. "Você está olhando para cinco vítimas de latrocínio na estrada para o Rio de Janeiro", Tatiana diz.

Olho para a minha mãe e digo "não vou fazer porra nenhuma de matar arrombado nenhum no Natal. Nunca matei e não vai ser na porra do aniversário de Jesus Cristo que vou começar."

"Se não vai matar, vai continuar aqui até o final agora porque ele é sua responsabilidade. Nós vamos cuidar desses outros filhos da puta antes.", meu pai diz e aponta para a família da velha.

"Cadê a Maria?", minha mãe pergunta.

"Tive que mentir para ela sair de casa. Ela provavelmente nunca vai olhar na minha cara. Obrigado por isso, inclusive."

"Nossa, mas vocês anunciam noivado e terminam no mesmo dia? Que rápidos! O cu aberto te pegou, né?, meu pai provocou.

Minha mãe começa a elogiar Maria em voz alta, para o desespero da Tatiana, que revira os olhos de tanto ciúme. Diz coisas como "finalmente você está com uma mulher adulta e que sabe o que quer. Agora é a primeira vez que posso dizer que você está feliz e vivendo a sua vida". Ela não perde a chance de deixar indiretas relacionadas ao meu namoro com Mariana.

"Casar não é fácil, meu filho. É difícil.", meu pai agora fala como se fosse um especialista em casamentos. "Você precisa assumir responsabilidades e parar de brincar de internet. Precisa de um emprego de adulto, de homem. Venha trabalhar comigo e pelo menos cuidar de um dos negócios da família."

Minha família está rindo alto nesse momento, mas eu não acho graça nenhuma no que ouvi. Então preciso desabafar. "Como assim *primeira vez que estou feliz ou vivendo a minha vida*? O que você quer dizer com isso? Isso é um absurdo. Como é que vocês esperam realmente que eu seja uma pessoa feliz com toda essa merda louca que acontece todo ano? Essa porra não é normal.", digo apontando para a família amedrontada e o assassino do *delivery* ainda sob a mira da minha irmã.

"Vocês foderam comigo. E com eles também" – falo me referindo aos meus irmãos, que logo se defendem afirmando que eram muito felizes e saudáveis. A forma como minha irmã segura a arma mostra o quanto ela cresceu de forma saudável. E nem preciso falar do meu irmão, que deixou de ser o magrelo que se mijava no shopping para virar um ogro musculoso que é o terror das bucetas de BH.

"Olha, meu filho, talvez a gente tenha exagerado um pouquinho, mas nunca deixamos de amar nenhum de vocês. Você especialmente. Nem quando você votou no PT na última eleição. Bem, mentira. Talvez a gente tenha te odiado e pensado em te enforcar no Natal, mas passou", diz meu pai mais uma vez forçando piadas.

"Não, porra… Eu só queria que me deixassem em paz. Não falassem sempre como se eu fosse idiota porque não como bicho. Não ficassem rindo o tempo inteiro de quem eu sou. Não sou o bobo da corte para merecer esse tipo de tratamento e humilhação há anos."

Meus pais se olham sem entender. "Que tipo de humilhação?", eles perguntam. É impossível mostrar para eles como me sinto e o quanto eles não sabem lidar com nossas diferenças. Eles não entendem. E eu já sei disso há tempos. Minha terapeuta tentava me convencer a aceitar que a responsabilidade de mudar, aceitar e adaptar nunca seria deles. É fácil falar quando não é a sua família que mata qualquer um que pense diferente deles. Por que eu tento insistir tanto nas causas perdidas?

O assassino do *delivery* começa a se mover e atrai a atenção indesejada da minha mãe. Esse cara nem de longe parece ser isso tudo que a televisão mostrou. Mas desarmado, nenhum bosta é grandes coisas.

"Quer dizer que você está tocando o terror no Natal das famílias mineiras, né? Posso ser sincera com você? A sua única chance de sair daqui é se eu gostar do seu pé."

O assassino ficou confuso com a pergunta. Amordaçado e com as mãos presas, ele não conseguiria mostrar o pé mesmo se quisesse. A minha mãe gosta de fazer jogos de tortura assim e deu uma gargalhada assustadora. "Estou brincando com você, senhor *delivery*! Eu *sei* que você não vai conseguir me mostrar o pé sozinho. Você vai precisar de ajuda para isso. Tire o tênis direito primeiro.", ela ordenou apontando para o tênis Nike sujo no seu pé. A contragosto, a minha irmã se aproximou para puxar a meia e deixar seus pés à mostra.

**O almoço de Natal** 99

Até eu que não sou podólatra ou especialista ortopédico sabia o que minha mãe pensou daquele pé. Unhas encravadas, cheia de sujeira preta acumulada no dedão e um cheiro de queijo suíço podre que deixou todo mundo a fim de vomitar. Minha mãe olhou aquele pé horroroso com bastante atenção e respirou fundo, como se não existisse risco de intoxicação.

Quando finalmente decide falar, a notícia não é nada boa para o assassino do *delivery*. Estou me sentindo culpado por essa morte porque fui eu quem decidiu pedir comida hoje, mas logo lembro que isso só aconteceu porque esses filhos da puta não-vegetarianos comeram a minha lasanha. Me sinto mais calmo agora após perceber que a culpa não é minha, no final das contas. Nada disso estaria acontecendo se a família inteira fosse vegetariana.

"É... Já vi muito pé feio, mas puta que te pariu... O seu pé é feio pra caralho. Parece uma prancha de esqui com dedos tortos e compridos. E essa sua unha preta está nojenta. Não quero te iludir, senhor *delivery*... Mas eu não confio em pessoas com pés feios assim. E os seus pés estão entre os mais medonhos que já vi. Vou te matar. Você tá fodido."

"Vamos cortar o pé e mandar de presente para os pais dele?" – perguntou a minha irmã. Eu sinceramente não sei dizer se ela está de sacanagem ou se falou sério.

"Vamos passar o Jesse também? Ele já está apagado. Nem vai sentir nada. Se combinar direitinho, a gente pode matar até a vizinha escrota que vota no PT. Aliás, por que ela não está aqui mesmo?", Talles está um pouco bêbado depois de passar por várias emoções ao longo do dia. Ainda vestido de Papai Noel, ele está perto de apagar também.

Minha mãe dá uma risada. Ela gosta de passar panos quentes em tudo. Mesmo quando o filho insinua querer se livrar do próprio namorado, ela prefere não criar o conflito. Talvez ela pense em encerrar a relação com Jesse e não queira admitir. Rompimentos amorosos são parecidos com morrer. Precisamos renascer para reaprender a viver. A vida antiga deixa de existir e precisamos torcer para não repetir os mesmos erros na nova vida que será construída ao lado de outra pessoa. Não acho que seja o caso dela querer algo novo.

"Bom, está ficando tarde, e eu quero encontrar com a louca lá antes de voltar para casa e suportar a chatice da Adriana. Vamos resolver isso logo?", pede meu irmão se referindo à amante Denise, que horas atrás tentou entrar na casa durante o almoço. "Contei que serei pai e vamos precisar terminar antes dela aparecer grávida também", ele conta.

Minha mãe e irmã dizem que ele faz muito bem. Meu pai pergunta se ele vai pelo menos comer ela mais uma vez para despedir. "Óbvio, né, pai? Sou seu filho ou não sou?", meu irmão dá um tapa no ombro do meu pai e dá uma gargalhada. Minha irmã também ri, mas minha mãe não acha a menor graça. Assim como eu. Talles nota minha cara de desprezo.

"Você vai casar agora, cara... Você vai entender o que estou dizendo... O homem que consegue comer a mesma mulher todo dia não é normal. É um tarado. Gente normal precisa variar, cara. Ninguém aguenta a mesma buceta todo santo dia."

Reviro meus olhos e deixo uma pequena provocação "isso vale para a mulher também, sabia? Imagina... ver sempre o mesmo saco muxibento e o pau meia bomba... Isso desanima qualquer uma. Nem precisa ser tarada."

"É por isso que casei com crente, uai...", ele responde.

Minha mãe interrompe a nossa discussão para me mandar ficar de olho no assassino do *delivery*. Eles iriam levar a velha e sua família para darem seus últimos suspiros antes de encontrarem Jesus e chegarem a tempo de participar da ceia no céu. Entraram dentro do quartinho, que antes servia como sala de televisão e fecharam a porta.

Sozinho com o assassino do *delivery* encolhido no canto, tenho uma ideia. Essa é a minha chance de foder com esses pirados do caralho que chamo de família.

## CAPÍTULO 24.
## ANTES QUE SEJA TARDE

"Eu sou a sua única esperança de sair daqui. Você quer viver?", pergunto para o homem vestido de Papai Noel encolhido no canto da parede. Ele agita a cabeça rapidamente e eu dou um sorriso. Nesse momento, quando ele me olha, imagino que está pensando que sou tão louco quanto o resto da família.

Tenho a noção de evitar soltar as mãos dele. Por mais improvável que seja a chance de ser o cara errado, eu prefiro não correr riscos. O assassino do *delivery* é um lixo e teria matado mais pessoas ao longo da noite, caso não tivesse dado o azar de tentar acumular mais corpos na minha casa. Começo a me perguntar se vale mesmo a pena foder a tradição familiar para ajudar esse cuzão. Ele parece perceber minha hesitação.

Começa a se agitar para que eu tire a fita isolante da sua boca. Tenho certeza de que esse arrombado vai gritar se eu puxar. Explico isso para ele, mas não faz a menor diferença porque ele continua insistindo como se a própria vida dependesse disso. É engraçado porque de fato, pode depender mesmo. Aviso para ele "você vai gritar, cara… Eles vão ouvir e vir correndo para te matar e me encher de porrada."

No entanto, o mister iFood parece irredutível. Continua inclinando o pescoço para frente como se fosse um ganso dos olhos esbugalhados. Aquilo me irrita. Odeio ser pressionado. Principalmente por um criminoso que não aprecia a minha caridade de considerar ajudá-lo. Fico puto e ligo o foda-se. Puxo a fita de uma vez. Uma lágrima solitária escorre pelo seu rosto, que tem um lado sangrando e com menos barba. Ele dá um gemido de dor e fico ansioso. "Te avisei que você ia gritar, seu arrombado. Eles vão ouvir a gente, porra!", reclamo.

"Me solta, irmãozinho. Me solta. Me deixa ir embora. Eu vou sumir daqui. Você nunca mais vai me ver. Me ajuda, irmãozinho. Pelo amor de Deus", ele começa a implorar sussurrando cada vez mais baixo e me obrigando a aproximar do rosto dele. Quando chego perto, consigo ver as manchas de sangue pela sua roupa vermelha. Como é que um corno desse consegue falar de Deus? Será que Jesus realmente perdoaria um cara desses? A Maria sempre diz que é a favor da reabilitação, de dar segundas chances, mas muitas vezes não compro essa ideia. Ouvir esse cara implorando me arrepiou. Falso do caralho. É quando percebo que fiz merda.

Tudo acontece muito rápido.

Sem tempo para reagir, só vejo a cabeça dele vindo na minha direção e me derrubando. Quando me levanto, ele já está correndo pela escada para sair pelo mesmo caminho que chegou. Vou atrás e grito para ele parar. Toda a cautela para tentar fugir com esse ingrato para sacanear minha família foi pelo bueiro abaixo. Agora estou com raiva e seria capaz de eu mesmo matar o desgraçado.

Ele abre o portão e sai andando apressadamente pelo passeio. Dou um grito assim que ele começa a atravessar a rua, mas é tarde demais. Um carro vermelho acelerou em cima dele e o arremessou como se fosse uma abóbora gigante. Vejo que a motorista do carro está chorando apertando o volante. A reconheço de algum lugar, mas de onde? Pergunto se ela está bem e me arrependo de dizer isso imediatamente. Porra de pergunta estúpida. Essa direção perigosa do caralho acabou de fazer do carro dela bola de boliche em cima de um criminoso. Nem se ela fosse uma direitista maluca estaria bem nesse momento. Ninguém fica bem quando suja as mãos. Ninguém quer sujar as mãos de verdade, mas falar que vai fazer acontecer sim.

Me aproximo do corpo estendido no meio da rua com um pouco de nojo, imaginando fraturas expostas e sei lá, o intestino grosso dele espalhado no chão. O senhor *delivery* está com a cara colada no chão e colorindo o asfalto de vermelho. Chego mais perto para colocar a mão no seu nariz e sentir se o desgraçado está respirando. E pela segunda vez me arrependo de chegar perto dele. Desta vez ele me pega de jeito. Grito de dor no meio da rua e tudo fica escuro em um sono irresistível.

## CAPÍTULO 25.
# CHEIA DE MANIAS

Abro os meus olhos. Não tenho a menor ideia de como cheguei aqui. Onde é aqui, inclusive? Maria está sentada em uma poltrona ao meu lado com um livro nas mãos. Reconheço a capa e pergunto: "Sabe que muita gente virou vegetariana depois de ler esse livro?"

Ela se assusta e arremessa o livro para o alto. Praticamente pula em cima de mim antes de começar a me contar tudo que aconteceu. Fiquei dois dias apagado no hospital e perdi o nascimento do meu priminho. Não que eu fosse acompanhar no hospital e tal, mas a criança com uma sigla no lugar de nome nasceu. Maria conta que ficou escondida dentro do carro do lado de fora da minha casa, porque tinha certeza de que ou eu iria sair ou receberia a visita de alguém. Então viu o Papai Noel saindo de casa correndo e eu logo atrás dele gritando antes do atropelamento. "Confesso que eu mesma teria te atropelado se aquela cu aberto do inferno tivesse chegado na sua casa", ela contou. Maria viu quando eu tentei ajudar o papai Noel, levei a facada e desmaiei. Foi o ato final do assassino do *delivery* antes de morrer.

"Mas você não sabe o babado, amor! A mulher que atropelou o Sergio é a amante do seu irmão!!! Ela pensou que era ele. Ou seja, indiretamente, você salvou a vida do seu irmão!"

Dou um sorriso achando tudo muito irônico e minha mãe entra no quarto. Ela me dá um abraço apertado e pergunta se estou me sentindo bem. Nem percebo Maria saindo para nos deixar a sós. "O seu pai está morrendo de preocupação, mas não quer falar com você porque está com raiva da cagada que você aprontou.", minha mãe diz, como se eu fosse mesmo me preocupar com isso naquele momento.

"Que diferença isso vai fazer na minha vida mesmo? Vocês nunca conversam comigo. Por que é que começariam agora, né?", respondo.

"Você está bem enganado... Mesmo com todas as diferenças, você ainda é nosso filho mais velho. Ficamos muito preocupados depois de tudo. Seu pai só está frustrado porque não teve a chance de botar as mãos no senhor *delivery* antes dele morrer na rua. Seu pai queria te vingar."

"E o Talles? O que fez com a amante?"

**104**  Tullio Dias

"Bem, você sabe... ela vai desaparecer... vai viajar para Portugal, de repente..."

Olho bem para a cara dela tentando entender se ela realmente falou o que eu penso que falou.

"Ninguém vive o suficiente para machucar meus filhos e sair ileso para contar a história. Você deveria saber disso. No caso, não se preocupe, eu não matei nem mandei matar a Mariana. Juro para você. Às vezes parece que você me culpa por isso, mas nem Portugal está livre dos atentados terroristas, sabe? Mas não posso dizer que a vadia que tentou matar seu irmão terá a mesma sorte... Acredita que seu irmão ainda queria ter dado uma metida de despedida mesmo depois de tudo?", ela dá uma risada. Eu rio também.

Eu acredito. Eu acredito nela. Pergunto o que aconteceu com o senhor *delivery* e a velhota e seus filhos. Minha mãe sorri. "Você sabe o que aconteceu, oras. Não precisamos entrar nos detalhes. Tira a graça, sabe?"

Minha mãe também conta que já explicou tudo para a Maria. "Ela sabe que a velha muxibenta estava lá porque fez sacanagem com a gente e que iríamos resolver quebrando o pau. Tive que falar uns segredinhos de leve para ela entender. Você ficou com medo e achou que ela se arrependeria de ficar com você. Por isso inventou aquela história idiota, que aliás, ela não acreditou porque você é um péssimo mentiroso."

Maria entra no quarto minutos depois e fica olhando para o momento silencioso que tenho com a minha mãe. A gente não fala nada. Não precisa dizer. As coisas são assim entre a gente e tudo bem. Ela é a minha mãe e isso não vai mudar. Talvez a minha psicóloga tenha razão e eu tenha entendido como fazer essa relação funcionar, finalmente.

Minha mãe diz que vai voltar para casa e avisar que eu estou bem. Antes de sair, ela cochicha no meu ouvido. "Não se preocupe. Eu confio na Maria. Ela tem os pés bonitos", piscou os olhos e saiu do quarto.

Maria começa a reclamar logo na sequência. "A Globo está exibindo mais uma reprise do especial de fim de ano do Roberto Carlos. Foi assim em 2019 e 2020. Acho que no final das contas, a Globo quer mesmo foder com o Brasil. Tá de sacanagem criar tradição que resulta em caos e morte."

"Pelo menos a reprise é agora e não no começo do ano, sei lá, 7 de fevereiro, 22 de março, 16 de abril...", respondo. Ela deita comigo na cama, mesmo sabendo que a enfermeira vai reclamar e achar ruim, e confessa que tentou bater uma punheta em mim enquanto eu estava em coma. Fico pensando no quanto isso é louco. E acho que Maria é tão louca quanto a minha família, mas sem a parte de querer caçar e matar comunistas imaginários.

CAPÍTULO 26.
# NÃO ME CHAME DE FREDO

Michael Corleone passou boa parte da sua vida negando as suas raízes. Na primeira oportunidade, ignorou seu diploma, pegou uma arma e cometeu um assassinato. Pela honra da família, ele diria. Acho que a linha da honra e do orgulho é muito tênue. A violência vicia. Quando você prova o gosto do sangue, não é fácil parar. A violência proporciona uma espécie de poder perigoso e pode transformar advogados em mafiosos.

Não me entenda mal. Não tenho pena do que aconteceu com o Sérgio Cunha. Se mesmo com a comoção nacional ninguém descobriu o que fizeram da Eliza Samúdio, é improvável que alguém se preocupe o suficiente para conseguir explicar o fim desse cuzão do caralho. Mas se você me perguntar se eu queria ter participado ou mentido para a Maria daquele jeito, a resposta será não.

A Maria nunca entenderia. A Maria nunca perdoaria. A Maria provavelmente tentaria prender todo mundo. E bem, eu sei o que acontece quando uma namorada começa a dar esse tipo de dor de cabeça por aqui. Eu amo a Maria, quero mesmo me casar com ela. Então não é como se eu tivesse tido uma opção diferente.

Estou bem longe de ser o Michael Corleone, mas também não quero ser o Fredo. Eu sei o que acontece com o Fredo. Prefiro ser o que o Michael era antes daquela bosta de festa de casamento italiana infinita. A ignorância, costumam dizer, é uma benção. Quem sabe se eu ignorar tudo que eu sei, um dia não me esqueça de onde vim?

E que está tudo bem ser diferente deles.

Daqui a alguns anos, quando me perguntarem sobre os meus pais, eu vou saber exatamente o que dizer sobre eles. Vou dizer o que sempre ouvi outras pessoas dizendo. Nunca vou dizer o que eu realmente sei sobre eles.

Existem motivos para isso. Afinal, eu não posso dizer que os conheço de verdade. Nunca conversamos o suficiente, nunca tivemos uma relação de amizade, confiança, respeito, essas coisas que a maioria da minha geração só sabe que existe porque viu em algum filme ou livro. Talvez seja porque eu sou gordo, sabe? Talvez desde criança eles soubessem que eu teria ossos grandes e praticaram uma gordofobia invisível.

**O almoço de Natal** 107

Apesar de tudo, eles são os meus pais. Talvez eu pudesse ter feito as coisas de outro jeito. Deixar de lado tudo que acredito ser certo, ignorar meu pavor de sangue, não gostar tanto de música assim. Ou talvez um regime. Se existir uma realidade alternativa, espero que o Thiago dela consiga viver em harmonia com a família. Eu não consegui isso.

No fundo, eu lamentarei essa questão para sempre. Anos de terapia já tentaram me convencer que não é culpa minha. Mas é o que a gente sente, sabe? E eu estou aqui refletindo em mais um Natal sobre porque sou o que pode ser chamado de patinho feio dessa família.

Quando me perguntarem sobre os meus pais, eu vou dizer a verdade. Eles tocavam o terror. Quero me lembrar disso. Vou até me colocar como parte das histórias, como se eu tivesse participado, como se fosse alguém importante no meio disso tudo. É disso que eu vou me lembrar.

Amanhã é só mais um dia como qualquer outro. E eu preciso dormir para conseguir explicar para a Maria que as minhas pessoas definitivamente não são como outras tradicionais famílias brasileiras. Ou talvez sejam. No final do dia, a verdade é que precisamos todos escolher se vamos viver o suficiente para ser as vítimas ou fazer as vítimas. Independente da resposta, talvez seja melhor guardar para mim. Todo casamento possui seus segredos. Ela não precisa saber dessa verdade. Afinal, ela se casou comigo e não com eles. E eu não sou assim. Sou totalmente diferente. Ela vai ver. Tenho certeza.

No meio da noite, Maria me chama e eu acordo um tanto desorientado sem entender o que está acontecendo. "Amor", ela diz. "Acho que chegou a hora de eu te contar uma coisa sobre a minha família…"

Para Lucas Paio, Maria Thereza Pinel, Rafael Isidoro, Anna Goldner, Sara Souza, André Thimóteo, que deram todo o apoio e incentivo para tornar essa história possível. Para Gustavo Abreu, que acreditou na ideia de um almoço natalino insano demais para não parecer real. Para Débora da Guia e a sua incrível leitura comentada. Para Analúcia Coutinho e Thiago Dantas, que estão por aqui desde sempre. Aos amigos Marcelo Seabra e John Pereira, pelas gentilezas de participarem do lançamento.

Para a minha esposa Natalia, que leu todas as versões mais vezes do que qualquer pessoa e me incentivou a não abandonar o texto por mais difícil que fosse.

E especialmente para todas as inspiradoras famílias tradicionais brasileiras.

- editoraletramento
- editoraletramento.com.br
- editoraletramento
- company/grupoeditorialletramento
- grupoletramento
- contato@editoraletramento.com.br

- editoracasadodireito.com
- casadodireitoed
- casadodireito